KB096163

너를 사랑했던 한 사람의 나에게

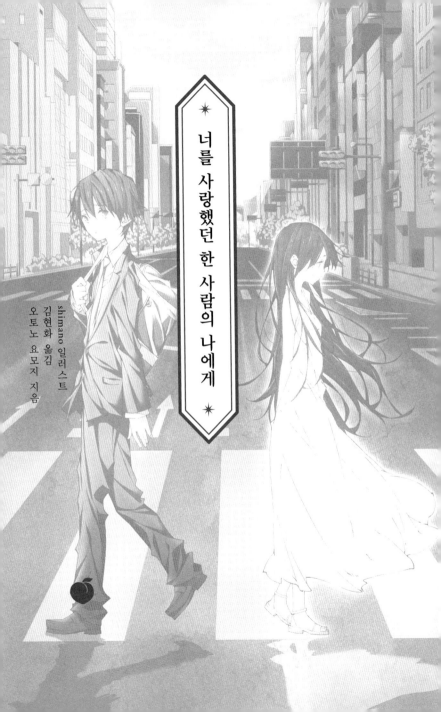

# 너를 사랑했던 한 사람의 나에게

shimano 일러스트

김현화 옮김

오토노 요모지 지음

✳

# 차
# 례

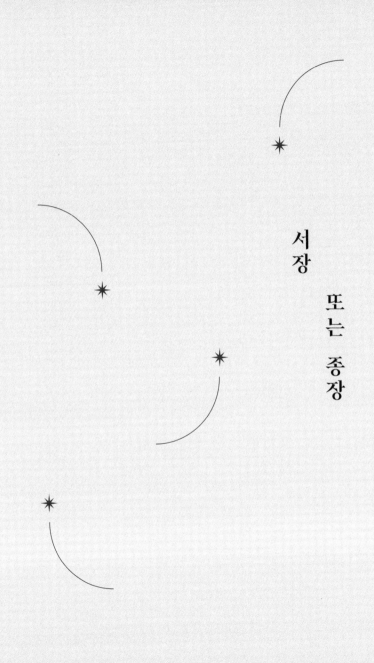

서
장

또
는

종
장

＊

 

기네스 폭포라고 불리는 현상이 있다.

기네스란 아일랜드산 흑맥주를 말한다. 일본의 슈퍼나 편의점 등에서는 찾아보기 힘들지만, 아일랜드에서는 '컵에 담긴 식사'라고도 할 만큼 매일같이 마시는 모양이다.

이 맥주를 입구가 넓은 유리잔에 힘차게 부으면 거품과 맥주가 분리될 때까지 검은 맥주 속으로 하얀 거품이 아래로 더 아래로 가라앉는 모습을 볼 수 있다. 거품이 액체 속에서 가라앉는 현상은 평범하게 생각하면 있을 수 없는 일 같지만, 사실 이것은 지극히 단순한 물리 현상이다.

거품이 떠오를 때 그 거품에 부딪힌 맥주도 밀려 올라간다. 맥주에 점성이 있기 때문이다. 그러나 맥주는 거품 위로는 상승하지 않기 때문에 잔의 가장자리에서 소용돌이가 되어 안쪽 표면을 따라 하강한다. 그러면 이번에는 거품이 점성으로 인해 맥주에 눌려 맥주와 함께 하강하는 것이다. 이로 인해 잔의 중앙에서는 거품이 상승하고, 잔의 가장자리에서는 거품이 하강하는 현상이 생긴다. 이것을 유리잔 바깥에서 보면 거품이 가라앉는 것처럼 보인다.

자랑거리는 아니지만 나도 젊을 적에는 술을 꽤 마셨다. 그래서 이런 현상이 있다는 건 알고 있었지만 이것을 '기네스 폭포'라고 부른다는 것을 알게 된 건 마흔이 다 되었을 무렵이었다.

어째서 그 나이가 되어 알게 되었냐고 묻는다면, 별일은 아니다. 어쩌다 들어간 가게에서 우연히 기네스를 주문했고, 거품이 가라앉는 모습을 보고 그 현상이 떠올라 점장에게 다급히 명칭을 물어보았다.

그렇다면 왜 그 사실을 다급히 물어봤을까.

그때 나에게 '거품이 가라앉는' 현상은 세상을 뒤집을 만한 충격이었고, 당시 나는 세상을 뒤집을 만한 무언가를 찾고 있었기 때문이다.

거품이 가라앉는다. 그 발상을 얻은 나는 그때부터 인생을 어쨌거나 '거품을 가라앉히기 위해' 소비했다. 요컨대 거품의 부력이 맥주의 점성을 밑돌면 된다. 그 상태로 하강류를 발생시키면 거품은 가라앉는다.

거품이 가라앉는다. 나에게 이 개념은 맥주 한 잔의 가격과는 비교할 수 없을 만큼의 가치가 있었다.

그 후로 약 10년을 들여서 마침내 목적을 달성하기 위한 '거품을 가라앉히는 법'을 확립시켰다. 나머지는 시기와 장소. 언제 어디로 거품을 가라앉히느냐 하는 것뿐이었다.

그리고 20년 이상을 더 들여서 신중하게 거품을 가라앉힐 시기와 장소를 확정했다. 마침내 여기라면 괜찮겠다 싶은 장소를 발견했을 때 나는 이미 일흔을 넘긴 상태였다.

길고 긴 인생이었다.

아무 의미도 없는 인생이었다.

아내도 없고, 아이도 없다. 내가 무엇을 위해서 이 세상을 살아왔는지 전혀 의미를 찾아낼 수 없었다. 내가 유일하게 사랑했던 사람은 나 때문에 이 세상에서 사라졌다.

하지만 그것도 이제 끝이다.

거품은 가라앉는다.

자아, 세상을 지워 없애버리자.

사랑하는 이가 없는 이 세상 따위는.

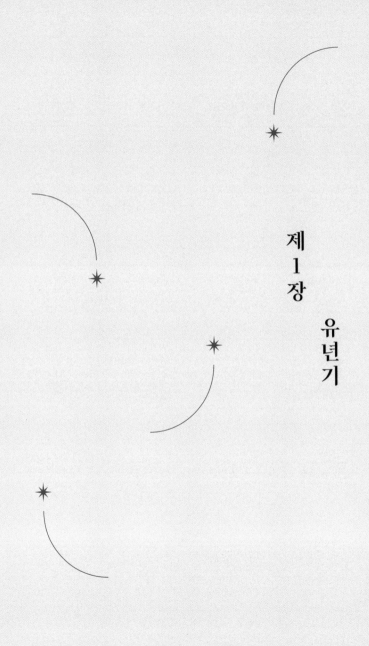

제 1 장

유년기

✴

 

일곱 살의 나는 이혼이라는 말의 뜻을 이해하고 있어서 아빠와 엄마 중 누구와 함께 살고 싶은지 질문을 받았을 때도 딱히 동요하지 않고 답을 낼 수 있었다.

아빠는 자신의 분야에서 이름 높은 학자였고, 엄마는 자산가 집안의 딸이었다. 어느 쪽을 따라가더라도 금전적인 불편함은 없을 것 같았다. 그렇다면 나머지는 마음이 가는 대로 결정하면 되었기에 최종적으로 나는 아빠를 따라가기로 했다. 다만 이것은 내가 엄마보다 아빠를 좋아했기 때문이 아니라 엄마를 따라가면 엄마가 재혼하는 데 방해가 되지 않을까 싶어서였다.

이혼의 원인은 아빠와 엄마의 대화가 엇갈려서인 모양

이었다. 아빠는 연구소에 묵는 일이 허다했고, 가끔 집에 돌아올 때면 엄마에게 연구 내용을 이야기했지만 엄마는 전혀 이해하지 못했던 것 같았다. 아빠는 '자신이 이해하고 있는 것은 상대도 이해하는 게 당연하다'라는 생각으로 대화하는 사람이었기 때문에 엄마와는 일상 대화조차 엇갈릴 때가 많았다. 나는 혼자 고민하는 엄마의 뒷모습을 자주 봐야 했다.

그런 아빠였기에 분명 한동안은 재혼을 생각하지 않으리라고 판단한 것이다. 아니, 솔직히 당시에는 그렇게까지 분명하게 생각하지는 않았지만 말이다.

재미있게도 아빠와 엄마의 관계는 이혼한 후가 더 양호했다. 한 번은 결혼해서 아이까지 낳았을 정도니 서로에게 애정은 확실히 있었던 모양인지 내가 어릴 적에는 적어도 한 달에 한 번, 부모님은 나를 통해 관계를 이어오고 있었다. 분명 그 정도 거리감이 두 사람에게는 딱 적당했던 걸 테다. 나는 화목한 모습의 부모님을 보고 기뻐했고, 내가 부모님이 원치 않았던 아이가 아니라는 사실에 안도했다.

아빠와 둘이서 살게 된 나는 아빠가 일하는 연구소에 이따금 얼굴을 내밀게 되었다. 학교가 끝나면 집으로 가지 않고 연구소에 갔다가 아빠가 일을 마치면 함께 돌아갔다. 연구소는 연중무휴에 교대제였기 때문에 학교 휴일과 아빠의 근무일이 겹친 날에는 하루 종일 연구소에 있을 때도 있었다.

연구소에는 복리후생의 일환으로 연구원이 아이를 데리고 와 놀게 할 수 있는 보육실이 있어서 가끔은 어린 애들이 있었다. 기업 내 보육원이라고 할 만큼 제대로 된 시설은 아니었고 전임 보육사도 없었기 때문에 연구소 직원들이 번갈아가면서 아이들을 돌봤는데, 연장자였던 내가 대신 아이들과 자주 놀아줘서 바쁜 연구원들로부터 고맙다는 인사를 들었다.

보육실에는 아무도 없을 때도 자주 있었다. 그럴 때면 나는 그곳에 놓여 있는 책을 탐독했다. 어린이용 그림책이나 소설이 아니라 아빠가 하는 연구와 관련된 논문이나 학술서 등이었다. 당시의 나로서는 당연하게도 어떤 내용이 적혀 있는지 전혀 알 수 없었지만, 개중에는 일러스트가 많이 실린 이른바 '이해하기 쉬운' 타입의 책도 있어서 그런 정도면 겨우겨우 읽을 수 있었다. 그 미지의 세계에 가슴이 설레기도 했다.

내가 연구에 흥미를 가진 것이 기뻤던 걸까. 아빠는 휴식할 겸 내 모습을 자주 살피러 와서 내 질문에 답하거나 연구 내용을 이해하기 쉽게 가르쳐주기도 했다.

어느 날 아빠는 열대어를 기르는 커다란 수조를 가리키며 이런 말을 했다.

"이 거품이 우리가 살고 있는 세계야."

아빠는 아들에게도 자신을 '아빠'라고 지칭하지 않고 '오레\*'라고 불렀다. 엄마와 함께 살던 시절에 내가 사용하던 일인칭은 '보쿠\*\*'였지만, 아빠와 둘이서 살면서 완전히 그 단어가 옮아버렸다.

아빠가 손가락으로 가리킨 끝에는 여과기에서 수면으로 올라오는 거품이 있었다.

"거품이 점점 커지는 게 보여? 일정한 온도 이하에서는 부피가 압력에 반비례하거든. 이걸 보일의 법칙이라고 부르는데……."

"자, 잠깐만. 무슨 소린지 잘 모르겠어. 반비례가 뭐야?"

"비례라는 말을 아직 안 배웠나? 언제 배우더라."

"잘 모르지만 아직 안 배웠어. 알기 쉽게 예를 들어줘."

---

\*  남성이 자신을 지칭할 때 쓰는 일인칭 대명사. 친한 사이에 격의 없이 사용하는 표현이다.

\*\*  남성이 일반적으로 사용하는 일인칭 대명사.

"흐음…… 하나에 100엔짜리 과자를 두 개 사면 200엔, 세 개 사면 300엔이 되잖아? 그런 식으로 한쪽이 늘면 다른 한쪽도 늘어나는 관계를 비례라고 해."

"그렇구나."

"반비례는 그 반대야. 과자 여섯 개를 둘이서 나누면 한 사람당 세 개가 되잖아. 셋이서 나누면 한 사람당 두 개가 되고, 여섯이서 나누면 한 사람당 하나씩이야. 그런 식으로 한쪽이 늘면 다른 한쪽은 줄어드는 관계를 반비례라고 하지."

아빠는 맨 처음에는 반드시 어려운 방식으로 말한다. 하지만 내가 잘 모르겠다고 하면 곤란해하면서도 이해하기 쉽게 제대로 예를 들어준다. 엄마도 이런 식으로 솔직하게 '잘 모르겠다'라고 말했더라면 두 사람의 관계는 달라졌을지도 모른다.

"물속은 깊어지면 깊어질수록 압력…… 그러니까, 누르는 힘이 강해져. 그래서 거품의 부피…… 크기는 아래로 갈수록 작아지지. 거품이 위로 올라올수록 커지는 건 압력이 약해지기 때문이야. 이런 식으로 거품의 크기가 누르는 힘에 반비례하는 법칙을 보일의 법칙이라고 하지."

"보일의 법칙."

"그래, 보일의 법칙."

"외웠어."

"잘했어."

내 반응에 기분이 좋아진 아빠는 수조 속의 거품을 가리키고 설명을 이어나갔다. 아무래도 보일의 법칙을 가르치는 것이 목적은 아닌 모양이다.

"우리는 세상을 이 거품으로 보고 거품끼리 정보를 교환할 수 있지 않을까 하는 연구를 하고 있어."

처음에 그렇게 말했다는 사실을 떠올렸다. 이 거품이 우리가 살고 있는 세상이다. 무슨 말일까?

"세상은 맨 처음엔 물 밑에서 생긴 하나의 작은 거품이야. 그게 떠오르는 동시에 커져서 도중에 두 개로 갈라지지. 그 갈라진 거품 한쪽 편에 있는 게 나랑 너야."

"다른 한쪽은 어떻게 되는데?"

"그쪽 거품에도 너랑 내가 있지. 다만 이쪽 거품과는 여러모로 다른 부분이 있어. 어쩌면 그쪽 거품에서는 네가 내가 아닌 엄마와 함께 살고 있을지도 몰라."

다른 한쪽 거품에는 부모님이 이혼했을 때 엄마를 따라간 내가 있다는 건가.

"우리가 살고 있는 이 거품에서 보는 다른 거품을 평행세계라고 부르지."

"평행세계."

"그래, 평행세계."

"외웠어."

"잘했어."

솔직히 비례나 반비례에 비해 확실히 이해하기는 힘들었지만, 어쨌거나 아빠가 가르쳐준 것은 뭐든 기억하려고 애썼다. 덕분에 내 학습 능력은 학교 수업보다도 상당히 앞서 있어서 공부는 힘들지 않았다.

"인간은 일상에서 의식하지 못한 사이에 가까운 거품과 왕래하고 있지 않을까 생각하고 있어. 가까이에 있는 거품이라면 차이가 거의 없어서 왕래하는데도 알아차리지 못할 뿐이지 않을까 하고 말이지. 만약 그렇다면 그걸 증명하고 더 나아가 제어하는 걸 목표로 삼는 거지. 그게 우리 소장이 제창한 '허질(虛質)과학'이라는 학문이야."

그때 나는 그게 얼마나 대단한지 제대로 이해하지 못했다. 다소 영리하다고는 하나 어차피 초등학교 저학년이었다. 왠지 재미있는 것 같다는 생각밖에 하지 못했다.

그런 어리석음으로 잘못을 저지르게 된 것은 그로부터 몇 년 뒤였다.

그때 나는 막 열 살이 되려 하고 있었다.

○

"고요미."

전화를 끊은 아빠가 평소와 달리 어두운 목소리로 내 이름을 불렀다.

한창 게임 하는 중인데 하고 생각했지만, 아빠의 목소리가 너무 가라앉아 있어서 무시할 수 없었기에 게임을 중단하고 돌아보았다.

목소리에서 예상한 대로 아빠의 얼굴은 먹구름이 드리워져 있었다. 아빠의 이런 모습을 본 것은 처음일지도 몰랐다. 대체 무슨 전화였을까?

"유노가 죽었나 봐."

"……뭐?"

유노는 외갓집에서 기르는 개의 이름이었다. 골든 리트리버 암컷으로 나보다 덩치도 큰데 애교가 많아서 외갓집에 놀러 가면 늘 꼬리를 흔들며 장난을 걸어왔다.

그 유노가 죽었다고?

너무나도 갑작스러워서 실감이 나지 않았다. 모기나 파리를 때려잡기도 하고 고기나 생선을 먹기도 한다. 게임에서는 수많은 몬스터를 죽이기도 한다. 하지만 유노는 벌레도 아니고 음식도 아니다. 물론 몬스터도 아니다. 그런 유노가 어째서 죽었을까? 아이템을 사용하면 되살릴 수 있을까? 마법을 사용하면? 아무리 그래도 그런 생각을 진심으로 할 만큼 어린아이는 아니었다.

"죽었다니, 왜?"

"교통사고라고 하네. 길에 뛰어들어서 차에 치일 뻔한 아이를 구하려다 대신 치였나 봐. 대단하네."

내가 물어놓고서도 황당한 소리라고 생각했다. 그야 그렇잖아, 느닷없이 그런 소리를 하면 어쩌라는 거야? 무슨 생각을 해야 하는 거지?

"외갓집 마당에 무덤을 만들었대. 지금 갈래?"

"……저기, 게임하는 중인데."

순간적으로 그렇게 대답하고 말았다. 게임 따위보다 중요하다는 사실 정도는 알고 있으면서도.

"……그래? 그럼 다음에 갈까?"

게임이나 하고 있을 때가 아니잖아 하고 꾸중을 들을 줄 알았는데 아빠는 오히려 걱정스러운 눈으로 나를 쳐다보았다. 그 눈이 왠지 무척이나 안쓰러웠다.

"……그냥 지금 갈래."

나는 그렇게 말하고 게임을 껐다.

외출 준비를 하고 아빠 차를 타고서 외갓집으로 향했다. 그렇게 멀지 않아서 차로 10분 정도 걸렸다. 가끔 혼자서 자전거를 타고 갈 때도 있었다.

아빠와 엄마가 헤어지고 얼마 되지 않았을 때는 외갓집에 가끔 놀러 갔다. 엄마와 유노를 만날 수 있는 건 물론이고 할아버지를 만날 수 있어서 기뻤다. 할아버지는 언제나 자상해서 내가 갈 때마다 달콤한 사탕을 줬다. 하지만 갈수록 가는 횟수가 줄어서 올해 들어서는 정월에 인사를 간 이후 처음이었다.

"아, 고요미. 왔구나. 이쪽이야."

몇 개월 만에 만난 엄마는 역시 유노가 세상을 떠난 일이 충격이었는지 겉으로 보기에도 걱정될 만큼 우울한 얼굴을 하고 있었다. 나도 그런 얼굴을 하고 있을까 하고 조금 불안해졌다.

"괜찮아?"

"응. 고마워."

아빠가 엄마에게 말을 걸자 엄마는 살짝 안심한 듯이 웃었다. 이런 상황에 조금 그렇지만 두 사람의 사이좋은 모습을 보는 것은 솔직히 기뻤다.

유노의 무덤은 뒤뜰 한쪽 구석에 덩그러니 있었다. 흙이 봉긋하게 올라와 있었는데, 그 아래에 유노가 있다는 말을 들어도 실감이 잘 나지 않았다. 가여워서 꺼내주고 싶다는 생각이 들었다.

"유노는 고요미가 태어났을 때부터 할아버지가 기르기 시작했어."

그 이야기는 지금까지 몇 번인가 들은 적이 있었다. 아이가 태어나면 개를 키우라는 시도 외울 만큼 들었다.

아이가 태어나면 개를 키우세요.
갓난아이일 때는 아이를 지켜주는 손이 되고
어린아이일 때는 아이의 좋은 놀이 상대가 되어주겠지요.
소년기일 때는 아이의 고민을 이해해주는 상대가 되어주고
그리고 아이가 청년이 되었을 때는 죽음을 통해 생명의 존엄성을 가르쳐주겠지요.

……이 시가 하는 말이 사실이라면 유노가 죽은 것은 너무 이르지 않을까. 언제부터가 청년인지는 모르지만, 나는 아직 아홉 살이다. 그러니 이렇게 유노의 무덤을 봐도 생명

의 존엄성을 이해할 수 없는 걸지도 모른다.

"고요미, 할아버지 할머니께도 인사 드려야지."

그 말을 듣고 나는 그길로 집으로 들어갔다. 할아버지를 보는 것도 몇 개월 만이었다.

"아…… 고요미. 왔니? 고맙구나."

오랜만에 만난 할아버지는 기억했던 것보다도 훨씬 늙어 보였다. 유노를 데려와 기른 사람은 할아버지다. 누구보다도 우울해할지도 몰랐다.

자고 가라고 했지만 나는 거절했다.

유노가 죽은 걸 제대로 슬퍼할 수 있어야 할아버지와 함께할 수 있을 것 같은 기분이 들었다.

○

그로부터 한 달 정도 지나서 유노에 대해서는 거의 잊고 지내고 있었다.

외갓집에는 그 이후로 한 번도 가지 않았다. 유노의 죽음을 함께 슬퍼하지 못해서 지금도 조금 떳떳하지 못한 기분이 들었기 때문이다.

그날 나는 여느 때처럼 연구소 보육실에 있었다.

오늘은 나밖에 없었다. 책을 읽는 데도 질려서 아무 생각 없이 텔레비전을 틀어서 봤다.

채널을 바꾸던 손이 멈춘 것은 화면에 골든 리트리버가 나와서였다.

유노를 쏙 빼닮은 커다란 개. 그만 넋을 놓고 화면을 쳐다봤다.

다양한 형태로 사람에게 충성을 다한 개를 다룬 특집 방송이었다. 맹인인 주인의 눈이 되어 생활을 돕는 맹인견. 재난 현장에서 사람이 발견하지 못한 구조자를 발견하는 구조견. 좌초한 배에서 로프를 물고 해안까지 헤엄쳐 간 선상견. 돌아오지 않는 주인을 계속 기다리는 충견. 우주 개발 실험을 위해 홀로 우주로 날아간 라이카……

텔레비전의 해설자는 개들의 용기를 칭찬하고 충심에 눈물을 흘리고 있었다. 개는 인간을 절대 배신하지 않는다. 인류 최고의 벗이다. 방송은 그 후에도 개들이 사람을 위해서 어떻게 살다가 죽어갔는지 감동적으로 이야기하고 있었다.

나는 어째서인지 방송을 보며 화를 주체할 수 없었다.

대체 무엇에 화가 났는지 스스로도 알 수 없었다. 애초에 정말로 화가 났는지도 알 수 없었다. 어쩌면 화가 난 게 아니라 분한 걸지도 몰랐다. 하지만 그렇다면 대체 뭐가 분한 건지조차 알 수 없었다.

눈에서 무언가 뜨거운 것이 알 수 없이 치밀어 올랐다.

나는 어째서 우는 걸까.

"왜 그래?"

갑자기 들려온 목소리에 놀라서 고개를 들었다.

나밖에 없다고 생각했던 보육실 안에 어느새 여자아이가 있었다.

하얀 원피스를 입은, 길게 뻗은 생머리가 아름다운 예쁘장한 아이였다. 나랑 나이가 비슷하려나. 보육실에서 본 적은 없지만, 다른 연구원의 아이인가?

"울어? 어디 아파?"

여자아이가 걱정스러운 듯 다가왔다. 여자아이 앞에서 우는 게 창피해서 소매로 눈을 벅벅 문질렀다.

"안 울어."

"울었잖아. 무슨 일 있어?"

"아니라니까……!"

끈질긴 태도에 짜증이 나서 여자아이를 노려보았다.

하지만.

여자아이의 천진난만하게 맑은 눈동자가 어째서인지

유노의 눈과 겹쳐 보여서 "……유노가 보고 싶어"라고 무의식중에 말하고 말았다.

그렇다. 나는 화가 난 것도, 분한 것도 아니었다. 단지 유노를 만나고 싶었다. 이제야 만나고 싶어졌는데 더 이상 만날 수 없어서 슬펐다.

"유노라니?"

"할아버지가 기르던 개야."

"이제 못 만나?"

"죽었거든."

죽었거든. 그렇게 말했을 때 나는 드디어 실감했다.

유노는 죽었다. 더 이상 존재하지 않는다.

그 사실이 슬프다.

"죽었으니까…… 이제 유노를 만날 수 없어……!"

그 사실을 깨닫고 나자 더 이상 참을 수 없었다. 지금까지 울지 않았던 몫까지 우는 것처럼 내 눈에서 눈물이 펑펑 쏟아졌다.

한동안 여자아이 앞이라는 사실도 잊고 계속 울었다. 그럼에도 묘한 자존심은 있었는지 울음소리만큼은 내지 않도록 이를 악물었다. 덕분에 내가 울었다는 사실은 이 여자아이 말고는 아무도 모를 터였다.

이 여자아이에게 들킨 건…… 뭐어, 아무럼 어때. 어째서인지 그렇게 생각했다.

내가 울음을 멈출 때까지 그 애는 계속 그곳에 있었다. 내가 울음을 멈추고 진정하자 새하얗고 깨끗한 손수건을 내밀었다.

"필요 없어."

나는 다시 소매로 눈물을 닦았다. 왠지 모르게 그 애의 손수건을 더럽히는 게 아까웠다.

여자아이는 다시 손수건을 내밀었지만 내가 고집스럽게 받아들지 않자 이윽고 포기하고 주머니에 넣었다.

"따라와 봐."

"어?!"

그리고 느닷없이 내 팔을 잡고 달리기 시작했다.

오늘은 일요일이다. 연구소는 열려 있지만 평소보다 연구원 수는 적었고 출근하더라도 여느 때보다 일찍 퇴근하는 사람이 많아서 소 내에는 인적이 거의 없었다. 평소보다 조용한 연구소 안을 여자아이는 헤매는 기색도 없이 달려갔다.

"야, 어디 가?"

"조용히 해. 엄마한테 들킬지도 모른단 말이야."

엄마, 라는 사람은 이 연구소의 연구원일까. 분명 이 아이도 나와 마찬가지로 부모님의 직장에 따라온 것이다. 게다가 이 거침없는 발걸음을 보면 어쩌면 소 내를 꽤 탐색해본 게 아닐까.

나는 평소에 아빠가 말하는 대로 괜한 장소에는 가지 않았지만, 물론 관심은 있었다. 저 복도를 돌아가면 어디가 나올까. 저 문 건너편에는 무슨 방이 있을까. 저 계단 아래에는…… 내 손을 이끄는 여자아이를 순순히 따라가는 건 그런 호기심 때문이었다.

여자아이는 한 방 앞에 멈춰 서서 문을 열었다.

나는 방 안에 있는 물건을 보고 흥분하고 말았다.

"오오오, 이거 뭐야?!"

공간 한가운데에 로봇 애니메이션에서 본 듯한 조종석 형태를 한 상자가 있었고 많은 케이블이 연결되어 있었다. 상자에는 유리 뚜껑이 달려 있었는데 안을 들여다보니 역시 사람이 들어갈 수 있도록 만들어진 것 같았다.

여자아이가 유리 뚜껑을 어루만지며 말했다.

"여기에 들어가면 평행세계에 건너갈 수 있다고 엄마가 말했어."

"뭐어……?"

평행세계. 그것은 아빠한테 수없이 들었던 이야기였다.

이 세계는 커지거나 분열하면서 바다를 떠오르는 거품으로, 자신이 있는 거품에서 본 다른 거품이 평행세계이다. 그곳에는 자신이 아닌 자신이 있으며 자신과는 다른 하루하루를 보내고 있는 모양이었다.

"유노를 만나고 싶지?"

"……응."

"어쩌면 유노가 살아 있는 세계가 있을지도 모르잖아."

그것은 무척이나 매력적인 이야기였다.

다시 한 번 더 유노를 만날 수 있다. 유노가 죽을 줄 몰랐기 때문에 마지막에 만난 게 언제였는지도 기억나지 않았다. 마지막에 어떤 식으로 놀았는지, 어떤 식으로 유노를 쓰다듬었는지 전혀 기억나지 않았다.

그러니 마지막으로 다시 한 번만이라도 유노를 만날 수 있다면.

"……어떻게 하면 돼?"

"이 안에 들어가."

여자아이가 시키는 대로 뚜껑을 열고 상자 속에 들어갔다. 애니메이션이나 게임 세계에라도 잠입한 것 같아서 가슴이 조금 두근거렸다.

뚜껑을 닫자 밖에서 무언가 딸깍딸깍 하는 소리가 들렸다. 몸을 살짝 일으켜서 창밖을 쳐다보니 여자아이가 책상에 쭉 늘어선 버튼과 스위치를 만지작거리고 있었다. 그 손놀림이 어설퍼 보여서 제대로 된 사용법을 알고 있다고는 생각하기 힘들었다.

"야, 괜찮아?"

말을 걸어도 여자아이는 대답하지 않았다. 뭔가 다급한 표정으로 손에 닿는 대로 계속 움직이고 있었다. 왜 저렇게 진지한 걸까? 설마 나를 유노와 만나게 하기 위해서라고는 생각하기 어렵지만 말이다.

"저기, 도와줄까?"

"됐어. 넌 네가 할 수 있는 걸 해."

"할 수 있는 거라니? 뭘 말하는 거야?"

"나도 잘 모르겠지만…… 마음속으로 뭐든 빌고 있어. 유노가 살아 있는 세계로 가고 싶다고."

"빌고 있으라니, 그러면 되는 거야?"

"믿음이 중요하다고 엄마가 말했어. 믿음을 잃지 않는 사람만이 세상을 바꿀 수 있대."

무슨 소리를 하는지 알 수 없었다. 그리고 조금 전부터 엄마, 엄마 하는데 이 아이의 엄마는 대체 누구일까.

하지만 여자아이는 지금도 진지하게 기계를 건드리고 있었다. 나는 그 진지함에 이끌려서 여자아이가 말한 대로 '기도'해보기로 했다.

평행세계로.

유노가 살아 있는 평행세계로 가고 싶다.

유노를 떠올렸다. 살아 있을 때의 건강한 모습. 뒤뜰에 자리한 자그마한 무덤. 인간을 위해 죽은 개들의 이야기를 다룬 텔레비전 프로그램. 어째서인지 괜히 화가 나게 했던 해설자.

처음에는 절반쯤 장난처럼 기도했지만 여러모로 생각하던 중에 점점 더 진심으로 그 세계로 가고 싶어졌다.

눈을 감고 열렬히 빌었다.

평행세계로.

유노가 살아 있는 세계로.

○

눈앞에서 엄마가 울고 있었다.

"⋯⋯⋯⋯어?"

갑작스런 풍경의 변화에 사고가 따라가지 못했다.

우선 눈에 들어온 것을 하나씩 확인해나갔다. 울고 있는 엄마. 밥상. 그리고…… 할머니? 할머니도 있었다. 할머니도 울고 있었다.

주변을 둘러보았다. 로봇 조종석 같은 상자 안이 아니었다. 낯익은 방. 이곳은 외갓집 거실이었다. 한 달쯤 전에 유노의 무덤을 찾아왔을 때 들어왔던 것이 마지막일 터였다. 절대로 내가 지금 있을 리 없는 장소였다.

어째서 나는 여기에 있을까? 그 여자아이는 어디로 갔을까? 내가 들어가 있던 그 상자는 대체 어떻게 된 걸까?

그렇다.

한 가지 생각이 떠올랐다. 자신이 조금 전까지 무엇을 하고 있었는지 말이다.

그리고 그 상자에 들어간 목적을 깨달았다.

어쩌면 이곳은.

"저기, 엄마?"

조심스럽게 물어보려고 하는데 집 밖에서 그 대답이 들려왔다.

멍멍.

귀에 익은 개 울음소리였다. 나는 벌떡 일어나서 집 밖으로 달려 나갔다.

뒤뜰로 나가봤더니 한 달 전에 죽었을 터인 유노가 분명 살아서 그곳에 있었다.

"유노…… 유노!"

유노에게 달려가서 그 커다란 몸을 끌어안았다. 그리고 머리를 쓰다듬자 유노는 여느 때처럼 꼬리를 흔들며 장난을 걸어왔다.

설마 싶었지만 틀림없는 것 같았다.

여기는 평행세계다.

한 달 전에 죽었던 유노가 살아 있는 세계.

여자아이의 어설픈 조작이 기계를 작동시켰을까. 아니면 내 바람이 세상에 통한 걸까.

어쨌거나 나는 정말로 평행세계로 건너왔다.

다시 한 번 더 유노를 만나고 싶다. 그 바람은 이루어졌다. 나는 벌러덩 누운 유노의 배를 쓰다듬으면서 유노를 뚫어져라 쳐다보았다. 죽었던 유노. 눈앞에 살아 있는 유노. 그 몸은 무척이나 따스했다. 그런데 원래 있던 세계에서는 땅 밑에서 차가워져 있다니.

할아버지가 들려준 시를 떠올렸다. 아이가 태어나면 개를 키우세요. 아이가 청년이 되었을 때는 죽음을 통해 생명의 존엄성을 가르쳐주겠지요.

지금 손바닥에 느끼는 따스함이 생명의 존엄성인 걸까.

만약 그렇다고 한다면 원래의 세계로 돌아가서 다시 한 번 더 유노의 무덤을 봤을 때야말로 정말로 그 사실을 깨달을 수 있지 않을까.

눈물이 날 것 같았지만 유노를 한바탕 귀여워해주고 지금부터 어떻게 해야 할지를 생각했다.

내 세계에서 유노는 교통사고로 죽었다. 그렇다면 이쪽 세계의 엄마나 할아버지에게 교통사고를 조심하라고 말해두면 좋을까.

그래. 아무것도 하지 않는 것보다는 낫겠지. 얼른 그 사실을 전하기 위해서 집 안으로 돌아갔다.

거실로 들어서자 엄마와 할머니는 이미 울음을 그쳤지만 여전히 슬픈 얼굴을 하고 있었다. 대체 무슨 일이 있었던 걸까?

하지만 이 상황에서 무슨 일이 있었냐고 묻기는 곤란했다. 내가 이곳에 오기 전까지는 이 세계의 내가 이곳에 있었을 테니 말이다. 이 세계의 나는 엄마와 할머니가 울고 있는 걸 알고 있을 테다. 그렇다면 내가 왜 우냐고 물으면 이상하게 생각하지 않을까.

그럼 내가 물어도 자연스럽게 보일 말은 뭘까.

"저기 엄마…… 할아버지는?"

여기까지라면 물어도 괜찮겠지. 어디에 있는지는 묻지 않았다. 이거라면 엄마가 질문의 끝을 상상해서 대답해주겠지.

나의 그 목적은 거의 달성됐다.

"할아버지는…… 내일 장례식을 치를 거야."

돌아온 대답에 들은 적 없는 말이 섞여 있다는 사실을 제외하면 말이다.

"장례식은 뭐야?"

"장례식은 말이지……."

그리고 나는 이 세계에서는 할아버지가 세상을 떠났다는 사실을 알게 되었다.

이 세계와 나의 세계에는 큰 차이점이 세 가지 있었다.

하나는 유노가 살아 있다는 것.

또 하나는 할아버지가 죽었다는 것.

또 다른 하나는 아빠와 엄마가 이혼했을 때 나는 아빠를 따라갔지만 이쪽 세계의 나는 엄마를 따라갔다는 것.

이야기하는 중에 이쪽 세계에 대해서 조금씩 알게 되었다. 이쪽 세계의 나는 이 집에서 엄마와 할아버지, 할머니와 함께 살고 있는 모양이었다. 그리고 할아버지가 오늘 오후에 세상을 떠난 것이다.

그 사실을 확실히 이해하고서 나는 엄청나게 울었다.

유노가 죽었다는 사실과 유노가 살아 있다는 사실, 그리고 할아버지가 돌아가셨다는 사실……. 여러 가지가 뒤죽박죽이 되어 하염없이 울었다. 엄마는 그런 나를 자상하게 안아주었다. 아빠와 둘이 살면서부터는 엄마에게 어리광을 부린 적이 거의 없었기 때문에 나는 엄마에게 매달려서 실컷 울었다.

울고 싶은 만큼 울고 나서 조금 후련해지자 다른 걱정이 생겼다.

나는 원래의 세계로 돌아갈 수 있을까?

그 여자아이가 나를 이 평행세계로 보냈다. 그렇다면 돌아갈 방법은 뭘까? 여자아이가 나를 되돌려주기를 기다리는 수밖에 없을까? 아무리 생각해도 알 수 없었다.

지금 내가 할 수 있는 일은 아무것도 없었다. 고작해야 내가 평행세계에서 왔다는 사실을 들키지 않도록 하는 것 정도였다.

하지만 기껏 이 세계로 왔다.

"엄마…… 오늘 같이 자도 돼?"

이 정도라면 괜찮겠지 싶어서 말해봤다. 분명 원래의 세계로 돌아가면 엄마와 함께 잠들 일은 두 번 다시 없을 테니 말이다.

엄마는 놀란 얼굴을 했지만 바로 고개를 끄덕여주었다.

밤에 나는 한 번 더 유노와 함께 놀았다. 언제 원래의 세계로 돌아갈지 알 수 없는 데다 돌아가면 유노는 다시 존재하지 않을 테니까.

유노에게 작별 인사를 하고 나는 엄마와 함께 잠들었다.

○

다음 날 아침.

눈을 떴을 때 나는 혼자 이불 안에 있었다.

"오? 고요미, 일어났니?"

바로 옆에서 귀에 익숙한 쉰 목소리가 들렸다.

"……할아버지?"

"그래. 잘 잤니?"

"안녕히 주무셨어요……?"

대답을 하면서도 어째서 할아버지가 이곳에 있는지 알 수 없었다. 머리가 여전히 멍했다. 어라, 어제 나 외갓집에서 잤던가?

여전히 잠이 덜 깬 채 어제 일을 생각했다. 어제는 분명히 할아버지가一.

그 사실을 떠올린 나는 이불을 밀어젖히고 벌떡 일어났다.

"할아버지?!"

"오, 씩씩하구나."

"할아버지, 살아 있어……?"

"그게 무슨 소리니. 불길한 소리는 관두렴."

분명 할아버지였다. 오늘 장례를 치를 예정이던 할아버지. 그런데 살아 있다는 건.

방을 뛰쳐나와서 그길로 집을 나와 뒤뜰로 향했다.

뒤뜰 한쪽 구석에 흙이 봉긋 솟아오른 곳이 있었다.

유노의 무덤이었다.

"유노…….."

흙 위에 손바닥을 대보았다. 차가웠다. 어제 잠들기 전에 만졌던 유노의 따스함은 당연하게도 그곳에 없었다.

따듯함과 차가움. 이 온도 차가 생명의 존엄성인 걸까.

조금만 더 있으면 답을 알 것 같은데 마지막 무언가가 잡힐 듯 잡히지 않았다. 나는 이 온도 차에서 무엇을 알아야 할까. 무엇을 알 수 있을까.

여전히 생명의 존엄성을 모르는 것이 미안해서 유노의

무덤을 외면했다. 그리고 그 생각을 얼버무리듯 다른 생각을 했다.

잠든 사이에 나는 원래의 세계로 돌아온 모양이었다. 이유는 알 수 없지만 무사히 돌아온 건 다행이라고 생각하자.

하지만 어째서 이곳에 있는 걸까? 나는 연구소 상자 안에 있었을 텐데. 설마 내 몸이 제멋대로 움직여서 이곳까지 온 건 아니겠지.

거기까지 생각하다 한 가지가 떠올랐다.

그렇다. 내가 건너편 세계로 갔다면 어쩌면.

집 안으로 돌아와 나에게 의아한 시선을 보내는 할아버지에게 은근슬쩍 확인했다.

"저기, 할아버지. 어제 나 언제쯤 여기에 왔어?"

"응? 언제였더라…… 아아, 저녁 6시가 넘었을 때였지. 엄마가 연구소까지 널 데리러 갔을 때 때마침 스모를 하고 있었으니까."

엄마가 연구소까지 나를 데리러 왔다……. 그래, 틀림없겠지.

내가 건너편 세계에 가 있는 동안 건너편 세계의 내가 이쪽 세계에 와 있었던 것이다.

분명 건너편 세계의 나는 연구소 상자 안으로 건너왔고

그곳에서 엄마에게 전화를 걸었을 테다. 여자아이와는 만났을까? 무슨 이야기를 했을까? 결국 그 여자아이는 누구였을까?

아무래도 내가 다음으로 해야 할 일은 그 아이를 찾는 일인 것 같았다.

"그런데 오랜만에 고요미랑 같이 자서 할아버지는 기분 좋았어."

"……그래?"

생각해보면 건너편 세계의 내가 이쪽 세계에 왔다면, 할아버지가 죽은 세계에서 살아 있는 세계로 왔다는 뜻이다. 나보다 더 혼란스러웠을지도 모른다. 무슨 생각을 했는지 물어보고 싶기도 하다.

뭐어…… 민폐를 끼쳤다 해도 결국엔 나한테 끼쳤으니 딱히 상관은 없으려나.

"저기 할아버지, 몸 상태는 괜찮아?"

"응? 별 다른 건 없는데?"

"그래? 오래오래 살아줘."

"무슨 소리니? 걱정 안 해도 아직 한참 건강해."

할아버지가 활짝 웃으며 내 머리를 쓰다듬었다. 그 손바닥이 따뜻했다.

이 온도도 그리 머지않아 사라질지도 모른다. 평행세계의 할아버지처럼.

"또 가끔 놀러 올게."

나는 복잡한 마음으로 그렇게 약속했다.

"그래. 열쇠, 찾을 수 있길 바란다."

마지막에 할아버지가 한 말의 의미는 이해할 수 없었지만 말이다.

○

다음 휴일 날이었다.

"그럼 애들끼리 사이좋게 놀고 있어."

예쁜 여자가 그렇게 말하고 보육실을 나갔다.

"고요미, 모처럼 알게 됐으니 친구로 지내는 건 어때? 너 친구 별로 없잖아."

그런 쓸데없는 소리를 하면서 아빠도 여자의 뒤를 따라 나갔다.

여느 때와 같은 연구소의 보육실에는 나와 그 여자아이만이 남겨졌다.

"너희 엄마, 소장님이었구나."

지금 나간 예쁜 여자는 이 연구소를 만든 소장으로 여자아이의 엄마인 모양이었다. 평행세계에서 돌아온 내가 집으로 돌아가 아빠에게 "어제 이런 여자애를 만났는데 몰라?" 하고 물어보자 아빠가 "소장 딸이야"라고 대수롭지 않게 대답했다.

그리하여 여자아이의 정체는 밝혀졌고, 다음 휴일 날 연구소에서 여자아이와 재회하게 되었다. 왠지 소장은 아저씨일 거라고 마음대로 짐작했기 때문에 예쁜 여자라는 사실을 알고 굉장히 놀랐다. 아빠와 대학 시절 동창인 것 같았다.

"소장님 딸이라서 그 기계에 대해서 알고 있었구나."

"응."

여자아이는 조금 쭈뼛거리며 내 모습을 살피다가 느닷없이 진지한 표정을 하고 물었다.

"유노는 만났어?"

"……응. 하지만 생명의 존엄성은 잘 모르겠어."

"생명의 존엄성? 그게 무슨 소리야?"

개는 죽음을 통해 생명의 존엄성을 아이에게 가르쳐준다. 그 시를 여자아이에게 알려주었고, 나는 유노가 죽어서도 그 의미를 여전히 모른다는 사실을 이야기했다. 따듯함과 차가움으로 그것을 느낀 듯하지만 머릿속에서 제대로 정리가 되지 않는다고 말이다.

이야기를 다 들은 여자아이는 뭐야, 라는 듯이 훗 하고 웃었다.

"이미 알고 있는 것 같은데?"

"응?"

"따듯함과 차가움. 네가 말한 대로 분명 그 온도 차가 생명의 존엄성일 거야."

"무슨 소리야?"

애원하듯이 묻는 나에게 여자아이는 눈을 가늘게 뜨고 상냥하게 말했다.

"저기 말이야, 살아 있는 건 따듯하잖아. 그 따듯함은 유노를 만나거나 유노와 이야기하거나 놀거나…… 할 수 있는 모든 가능성이 존재한다는 걸 의미해. 하지만 죽은 건 차가워. 그 차가움은 유노의 세계가 거기서 끝났고 거기에는 이미 아무 가능성도 존재하지 않는다는 사실을 의미해. 네가 느낀 건 가능성의 온도일 거야."

"가능성의 온도……."

"그래. 그 온도 차가 분명 생명의 존엄성이 아닐까."

아아 그렇구나. 순순히 그렇게 생각했다.

살아 있는 것과 죽은 것. 그 온도 차로 둘 사이에 그만큼 가능성의 차이가 있다는 사실을 유노는 가르쳐주었다.

나중에 다시 한 번 유노의 무덤에 가자. 그리고 이번에 야말로 제대로 감사와 작별 인사를 하자. 나는 이제야 겨우 유노가 죽었다는 사실을 받아들인 것 같은 느낌이 들었다.

"고마워. 너 대단하네."

"별거 아냐."

나를 향한 미소에 심장이 살짝 고동쳤다.

"……그러고 보니 그쪽은 그 후에 어떻게 됐어?"

얼버무리듯이 물었다. 하지만 그것도 중요한 일이었다.

평행세계로 간 후 나는 하룻밤을 보내고 나서 이쪽 세계로 돌아왔다. 그사이에 저쪽 세계의 내가 대신해서 그 상자 속으로 이동했다면 아무래도 여자아이와 마주쳤을 거라는 생각이 들었다.

"그 후에 기계 안에 있던 네가 갑자기 사람이 바뀐 것처럼 변했어. 자신을 '보쿠'라고 불렀고 나에 대해서도, 자신이 어디에 있고 뭘 하는지도 모르는 것 같았어."

"그건 아마도 평행세계의 나일 거야. 그렇구나, 그 세계의 나는 나를 아직 '보쿠'라고 부르고 있구나. 그래서 어떻게 됐어?"

"응, 그래서 놀란 데다 왠지 겁이 나서……."

여자아이가 갑자기 겸연쩍은 얼굴을 했다. 이봐, 설마.

"그길로 도망쳤어. 미안해……."

어쩜 이렇게 무책임한 이야기가 다 있을까. 하지만 곰곰이 생각해보면 나도 돌발적으로 일을 저지르고서 도망치기 일쑤다. 사실은 좀 더 화를 내야 할지도 모르지만 그러고 싶은 마음이 들지 않았다.

"뭐, 무사히 돌아왔으니 그건 됐어. 그것보다 왜 그렇게 진지하게 날 평행세계로 보내려고 한 거야?"

내 질문에 잠시 가만히 있던 여자아이는 이윽고 입을 조그맣게 열었다.

"우리 아빠랑 엄만 이혼했어."

"흐음. 우리 집이랑 마찬가지네. 그래서?"

태연하게 대답하자 여자아이는 고개를 들고 눈을 동그랗게 떴다. 하지만 그걸로 안심했는지 그때부터는 물 흐르듯 이야기하기 시작했다.

"엄청 싸웠어. 화를 낸 건 아빠뿐이었던 것 같지만……. 아빠는 두 번 다시 볼 일이 없을 거라며 집을 나갔어. 그러고 나서 아빠랑 한 번도 만나질 못했어. 하지만 난 아빠가 싫지 않아……."

이혼한 건 마찬가지라도 우리 부모님과는 여러모로 다른 듯했다. 하지만 무슨 이야기를 하려는지 알 것 같았다.

"그럴 때 엄마한테서 평행세계 이야기를 들었어. 평행세계에 자유롭게 갈 수 있는 기계를 만들고 있다고. 그걸 사용하면 아빠랑 엄마가 사이좋게 지내는 평행세계로 갈 수 있을 것 같았거든."

응. 그런 거겠지. 그럼 내 역할은 뭐지?

"근데 느닷없이 직접 시험하는 건 무서워서……."

"……요컨대 날 실험 대상으로 삼았다는 거네?"

"……미안."

여자아이가 얌전히 사과했다. 귀여운 얼굴을 하고서는 무서운 짓을 저지르는 아이였다. 부모님의 이혼이 그만큼 충격적이었을지도 모른다. 이혼한 후에도 부모님끼리 사이가 좋은 나로서는 그 기분을 잘 모르지만 말이다.

그렇다고 해서 이대로 용서할 수도 없었다.

"좋았어. 그럼 이번에는 한 번 더 네가 그 상자에 들어가."

"응?"

"당연하잖아? 넌 그러기 위해서 날 실험 대상으로 삼았잖아. 게다가 난 평행세계에 갔다가 무사히 돌아왔어. 그러니 너도 분명 잘 될 거야."

"……그치만……."

여자아이는 주저했지만 나는 복수할 작정만으로 이런 말을 하는 게 아니었다. 확실히 이용당하고 실험 대상으로 쓰였을지도 모르지만, 나는 결과적으로 고마워하고 있다. 덕분에 유노를 한 번 더 만나서 소중한 것을 알게 되었기 때문이다.

따라서 이것은 절반 정도는 은혜를 갚기 위해서였다. 평행세계로 가서 분명 무언가 얻는 게 있으리라 생각했다.

여전히 결심이 서지 않은 듯한 여자아이에게 마지막 한마디를 날렸다.

"사이좋은 부모님을 만나고 싶지? 난 유노를 만났어."

유노를 만나고 싶지? 그렇게 말하고 이 아이는 나를 상자에 집어넣었다. 그러니 이 말에는 거역할 수 없을 테다.

"유노를 한 번 더 만나서 다행이었다고 생각해."

결정적인 한마디를 날렸다. 잠시 고민한 후 그 아이는 마침내 고개를 끄덕였다.

"알겠어. 갈게."

"좋았어."

그렇게 결정했다면 쇠뿔도 단김에 빼랬다. 여자아이가 안내하는 대로 상자가 있는 방으로 다시 갔다. 기계의 어떤 부분을 건드렸는지를 대강 듣고(적당히 건드렸다는 것밖에 이해하지 못했지만) 여자아이를 상자 속에 넣었다.

"평행세계로 가고 싶다고 마음속으로 빌어. 나도 일단 그렇게 했으니까."

"응. 알겠어."

순순히 대답하고 여자아이는 기도를 하듯이 손가락을 깍지 끼고 눈을 감았다.

나는 유리 뚜껑을 닫고 기계로 향했다. 물론 뭐가 어떻게 되어 있는지는 전혀 알 수 없었다. 어쨌거나 그때의 여자아이와 마찬가지로 움직일 만한 곳을 딸깍딸깍 건드려 보았다. 그러나 한동안 그러기를 계속해도 아무 반응이 없었기 때문에 상자에 가까이 다가가서 안에 있던 여자아이에게 말을 걸었다.

"야, 어때? 뭔가……."

말을 하다가 끊어졌다.

눈을 비볐다.

기분 탓인가?

상자 속에 누운 여자아이의 몸이 왠지 흔들리고 있는 것 같았다.

"거기. 너 뭐 하는 거니?"

갑자기 뒤에서 들려온 목소리에 놀라서 돌아보았다.

"아…… 소장님."

"마음대로 들어오면 못쓰지. 아, 우리 애까지 있네. 얼른 나와."

가까이 다가온 소장은 그다지 화가 난 것처럼은 보이지 않았지만 실제로는 어떤지 알 수 없었다.

소장이 상자를 열자 여자아이가 일어나서 겸연쩍은 듯 고개를 숙였다. 몸은 더 이상 흔들리는 것처럼 보이지 않았다. 소장도 아무 말 없는 걸 보니 기분 탓인가?

"너희 여기서 뭐 하고 있었니?"

"……평행세계로 가고 싶었어."

여자아이는 엄마의 말에 솔직하게 답했다. 참고로 나는 이미 이 상자를 사용해서 평행세계에 다녀왔다는 사실을 아무한테도 말하지 않았다. 그건 우리만의 비밀이었다.

"바보 같긴. 이건 아직 완성 안 됐으니까 갈 수 있을 리가 없잖아. 애초에 전원도 안 들어와 있고 말이지."

"어?"

나와 여자아이는 얼굴을 마주 보았다.

완성되지 않았다고? 전원도 들어와 있지 않다고?

"저, 저기……."

"역시 내 딸이라서 호기심이 강한가? 너는 아빠 피를 물려받았니?"

내 말을 듣고 있지 않은지 소장은 혼잣말처럼 계속해서 말했다.

"그 점은 부모 탓일지도 모르겠네. 하지만 혼낼 일은 혼을 내야지. 그게 어른의 역할이니까. 그럼 우선 둘 다 똑바로 앉아."

"어?"

"똑바로 앉으라고."

"네."

……나와 여자아이는 딱딱한 바닥에 정좌한 채 쓸데없이 논리적인 설교를 한 시간이나 듣는 처지가 되었다.

○

마침내 설교에서 해방된 우리는 보육실로 돌아와 각자 부모님의 업무가 끝나기를 기다렸다. 다른 아이는 없었다. 분위기가 어색했다.

아무것도 하지 않고 마냥 곁에 앉아 있는 여자아이에게 불쾌한 감정을 숨기지 않고 말을 걸었다.

"혼났잖아."

"네가 억지로 상자에 집어넣었잖아."

여자아이는 여자아이대로 심기가 불편한 것 같았다. 역시 호락호락한 아이는 아닌 듯했다. 하지만 나 또한 그 불평은 납득이 가지 않았다.

"원인을 따져보면 네가 잘못했잖아?"

따져보자면 이 녀석이 날 상자에 집어넣은 게 주원인이다. 나도 모르게 격한 말투로 여자아이를 노려보고 말았다.

하지만 그 아이의 얼굴을 보고 바로 후회했다.

여자아이는 입술을 깨물며 눈물을 글썽이고 있었다.

"아……."

여자아이를 울리고 말았다. 이건 절대 해서는 안 되는 짓이다. 냉정하게 생각해보면 그렇게 과격하게 말할 필요는 없었다. 분명 맨 처음에 나를 상자에 집어넣은 건 이 아이지만, 그게 설령 실험이었다고 해도 덕분에 나는 유노를 만났으니 말이다.

어쩌지, 뭐라고 사과하지.

내가 할 말을 찾고 있는데 여자아이가 이쪽을 노려보고 말했다.

"난, '오마에'*가 아냐."

그 말을 듣고 가까스로 알아차렸다.

그러고 보니 우리는 서로의 이름도 모르고 있었다.

처음에 아빠가 한 말을 떠올렸다. 그렇다. 모처럼 알게 됐으니—.

"……미안. 난 히다카 고요미라고 해."

자기소개를 했다.

모처럼 알게 됐으니 친구로 지내는 건 어때? 아빠는 그렇게 말했다.

우선은 여기서부터 시작이다. 내가 손을 내밀자 여자아이는 눈을 동그랗게 떴다.

"난 시오리야. 사토 시오리."

그리하여 우리는 악수를 했다.


그건 결코 해서는 안 되는 악수였다.

---

* '너'라는 뜻이지만 상대를 내려다보는 뉘앙스가 강하게 담긴 말.

# 막간

올해 사토 소장은 독일로 건너가 권위 있는 학회에서 전 세계를 향해 '평행세계의 존재를 증명했다'고 발표했다.

발표 내용은 다음과 같았다.

세상에는 수많은 평행세계가 존재하고, 사람들은 일상에서 아무 자각 없이 평행세계를 이동하고 있다. 이동은 육체가 물리적으로 이동하는 것이 아니라 의식만 평행세계에 있는 자신과 바뀌는 형태로 이루어진다. 이때 시간은 이동하지 않는다.

가까운 평행세계일수록 원래 세계와 차이가 작으며, 극단적으로 말하자면 바로 옆 세계와는 아침 식사가 밥인지

빵인지 하는 정도의 차이밖에 없다.

또한 가까운 평행세계일수록 무자각하게 이동하는 빈도가 높고 이동하는 시간이 짧다. 이것이 사람들이 평행세계 간의 이동을 알아차리지 못하는 이유다. 그렇기 때문에 '그곳에 넣어뒀던 물건이 없다' '한 번 찾았던 장소에서 찾던 물건이 튀어나왔다' '약속 시간을 착각했다' 하는 등의 이른바 오해, 착각, 건망증 같은 현상이 일어난다.

지극히 드물게 먼 평행세계로 이동하는 경우도 있다. 다만 먼 세계일수록 원래 세계와는 동떨어져 있으며, 그곳으로 이동한 인간은 자신이 마치 이세계에서 헤매는 것처럼 느낄 것이다.

이 평행세계 간의 이동을 '패러렐 시프트'라고 이름 붙였다.

발표 제1탄은 대략 이러했다.

소장은 평행세계를 연구하는 학문을 '허질과학'이라고 이름 붙였다. 대학 시절에 허질과학을 제창한 소장은 졸업 후에는 고향인 오이타 현에 허질과학연구소를 설립했다. 그곳에서 허질과학을 정밀하게 연구하고 그 결과를 발표함으로써 대대적으로 허질과학이라는 이름을 알렸다.

발표는 공전의 논쟁을 불러일으켰다. 세계 각지의 학자나 연구 기관이 패러렐 시프트를 확인하기 위해 혹은 부정하기 위해 똘똘 뭉쳤다. 결과적으로 불과 3년 만에 전 세계의 연구 기관은 평행세계의 존재를 인정하게 되었고 허질과학은 학문의 한 분야가 되었다.

세계가 크게 변하기 시작하던 그때, 나의 작은 세계도역시 엄청나게 변하고 있었다.

나는 시오리와 친구가 되어 거의 매일 함께 시간을 보내게 되었다.

그것이 나와 시오리의 인생을 크게 바꿔놓았다.

시오리는 나와 같은 학교, 같은 학년으로 학급만 달랐다. 학교가 끝나면 우리는 함께 연구소로 와서 아빠나 소장, 다른 연구원들에게 이따금 허질과학에 대해서 이야기를 들었다. 덕분에 우리는 조금 과장하자면 초등학생 중에서는 세상에서 제일 허질과학에 능통한 아이들이 되었다. 물론 어른들이 아이라도 쉽게 이해할 수 있도록 비유를 들어 설명해주었기 때문이지만 말이다.

나는 유노가 살아 있던 세계로 패러렐 시프트하고 난 후에는 두 번 다시 시프트하지 않았다. 그 이후 상자를 마음대로 사용할 수 없었기 때문에 시오리는 결국 한 번도 시프트하지 못했다. 만약 시프트했다고 해도 세계 간의 거리가 너무 가까워서 알아차리지 못했을 테다. 몇 년 후에는 자신이 어느 세계에 있는지를 측정할 수 있는 IP 단말기라는 물건이 개발되었지만, 이때는 여전히 구상밖에 하지 않았던 단계였던 것 같다.

이때 우리에게 허질과학은 현실이라기보다 옛날이야기에 가까웠다.

그런 허질과학이 나에게 현실로 다가온 것은 내가 열네 살일 적이었다.

교차로의 유령이 나타난 바로 그 해였다.

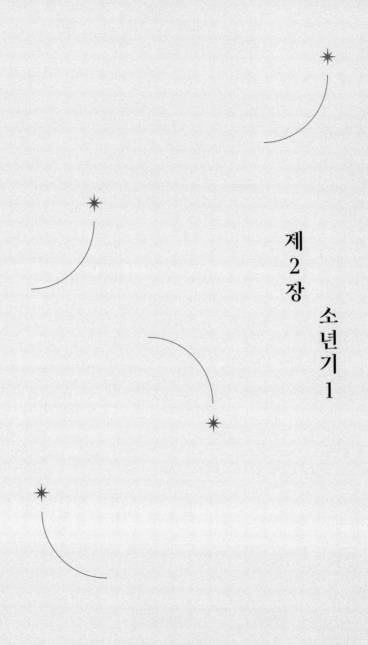

제
2
장

소
년
기
1

✦

"사람을 돕고 싶어."

그 해 여름은 시오리의 그 말에서 시작됐다.

나도 시오리도 열네 살이던 여름. 우리 두 사람에게는 시간이 많았다. 나는 아빠와, 시오리는 소장과 둘이 살고 있었다. 둘 다 집에 거의 혼자 있었기 때문에 매일같이 여러 곳에 놀러 다녔다. 통학용 자전거는 우리를 멀리까지 거뜬히 옮겨다 주었다.

오늘도 어김없이 학교 근처 공원에서 시오리를 기다렸다가 오늘은 어딜 갈까 하고 이야기를 꺼냈는데 시오리가 느닷없이 그런 소릴 했다.

"갑자기 무슨 소리야?"

둘이서 소다맛 아이스크림을 나눠 핥아먹던 중에 내가 물었다. 거 참, 또 시작인가.

친해지면서 알게 된 사실이지만 시오리는 꽤 엉뚱한 녀석이었다. 기본적으로는 마음씨 착한 아이였지만, 차고 넘치는 호기심과 수수께끼 같은 행동력이 동시에 발휘되면 그 상냥함이 묘한 쪽으로 영향을 미치곤 했다.

예를 들어 우리가 열한 살 때의 일이었다. 연구소에서 쥐 한 마리가 잡혔는데 서류와 케이블 등을 갉아먹어 피해를 일으켜서 처분당할 처지에 놓았다. 시오리는 그 쥐가 가엽다며 자신이 떠맡아서 나쁜 짓을 하지 않도록 교육시키려고 했다. 그 결과 쥐에 기생하던 진드기에 물려 고열이 났고, 지금은 쥐라면 질색했다.

여러 해 동안 어울려온 터라 시오리가 갑자기 엉뚱한 소리를 하는 데는 익숙했지만, 느닷없이 사람을 돕겠다니.

"고요미는 사람을 돕는 게 싫어?"

"아니, 곤란한 상황에 처한 사람이 있으면 도와주기야 하겠지."

"그럼 곤란한 상황에 처한 사람을 도와주러 가자."

"그건 또 무슨 소리야……."

시오리가 무언가를 하려고 결정했을 때는 어떤 말을 해

도 소용없었다. 내가 마다하면 혼자서라도 가고 만다. 그리고 종종 혼자서 어딘가 번거로운 결과를 만들어냈다. 그래서 그냥 내버려두지 못하고 결국은 나도 같이 휩쓸리게 되곤 했다.

"그런데 곤란한 상황에 처한 사람은 어디에 있을까?"

"사람이 많은 곳이라면 아마 누군가는 곤란해하고 있지 않을까?"

"사람이 많은 곳이라면…… 예를 들어서?"

"글쎄…… 미술관 공원 가본 적 있어?"

"없어. 가보고 싶어!"

사람을 돕겠다는 목적에서 금세 벗어났지만 그 사실은 지적하지 않기로 했다. 시오리네 부모님은 시오리를 데리고 놀러 다닌 적이 거의 없는지 시오리는 근처 공원에 데려가는 것만으로도 기뻐했다.

나와 시오리는 우선 자전거로 역까지 갔다. 역에서 남쪽으로 10분 정도 자전거를 타고 달려가 큰 거리 조금 안쪽에 있는 아담한 공원에 자전거를 세웠다. 이곳은 아직 목적지가 아니었다. '로컬 광장'이라고 불리는 이 공원은 약간 높은 언덕 대부분을 차지하는 넓은 공원의 아주 일부분에 지나지 않았다.

언덕 위로 향하는 길을 조금 오르자 샛길에 토템 폴* 두 개가 서 있었다. 숲속으로 펼쳐진 공원의 입구였다. 그곳에서부터는 숲속에 만들어진 산책로를 오로지 걸어서 올라가야 한다. 조금 걷다가 지쳤을 무렵, 언덕 중턱에 '어린이 광장'이라는 또 하나의 공원이 나타났다.

어린이 광장은 로컬 광장에 비해 놀이기구가 많고 전망도 좋아서 어린아이를 동반한 가족이 많았다. 밧줄 놀이기구와 미끄럼틀이 결합된 복합형 놀이기구, 반원형 정글짐에 잠자리 형태를 한 시소……. 아직 아빠와 엄마가 이혼하지 않았을 무렵에 몇 번인가 놀러 온 기억이 있었다.

"시오리, 타볼래?"

"……애도 아니고."

그렇게 말하면서도 시오리의 눈은 반짝반짝 빛나는 것처럼 보였다. 뭐, 자기보다 훨씬 어린 꼬마들과 섞여서 노는 게 부끄러울지도 모른다. 나도 오랜만에 롤러 미끄럼틀에서 놀고 싶었지만 꾹 참았다.

"곤란한 상황에 처한 사람은…… 없나?"

시오리의 말에 광장을 둘러보았지만, 다들 즐겁게 놀고

---

* 토템을 상징하는 도안을 새긴 기둥.

있었다. 사람을 돕는 것은 좋지만, 곤란해하는 사람이 없는 건 더 좋은 일이다.

"아직 위로 더 올라갈 수 있으니 가볼래?"

산책로로 돌아와서 더 위로 올라갔다. 여름이라도 숲속은 서늘해서 기분이 좋았다. 그럼에도 역시 땀이 송글송글 맺혔지만 시오리와 함께라면 전혀 불쾌하지 않았다.

숨을 헐떡이면서 산책로를 끝까지 올라가 언덕 정상에 있는 미술관 뒤편으로 나왔다. 그곳의 주차장을 지나서 계단을 올라 목표 지점인 전망대 광장에 도착했다.

"와아…… 이렇게 돼 있구나."

잔디가 펼쳐진 언덕 정상에는 햇볕이 쨍쨍 쏟아지고 있었다. 광장 한가운데에는 커다란 오브제가 있는데, 나는 몇 번인가 이 오브제에 올라타려고 했지만 실패했다.

오브제 건너편에는 시내 상점들이 펼쳐져 있고 바다도 살짝 보였다.

"저쪽 건물은 뭐야?"

"저건 뭐더라……. 무슨 하우스라고 했던 것 같은데."

잔디를 가로질러 건너편에 세워진 건물로 다가가 살펴보았다. 간판에는 '차일드 하우스'라고 적혀 있었다. 어린 아이를 데려온 엄마들이 안에서 레크리에이션 활동을 하고 있는 것 같았다.

차일드 하우스는 건물 바깥으로 계단이 나 있어서 계단으로 옥상까지 올라갈 수 있었다. 오늘 나의 최종 목적지는 그 옥상이었다.

때마침 지금은 사람이 없었다. 시오리에게 손짓하면서 계단을 달려 올라갔다.

"봐봐, 여기가 전망이 제일 좋은 곳이야!"

"와아아……!"

전망대 광장에서 거리를 보면 숲의 나무들이 시선을 가려서 전망이 애매했다. 하지만 옥상에서는 숲이 완전히 시선 아래에 있기 때문에 전망이 정말 좋았다.

"산까지 확실히 보이네……. 바다도 이 정도로 보이면 좋을 텐데."

"시오리는 산보다 바다가 좋아?"

"굳이 따지자면 그런 것 같아."

"그렇구나. 나는 산이 더 좋아."

"나 산도 좋아해."

"그럼 내일은 산에 가볼래?"

"응, 그것도 좋아!"

그렇게 내일의 목적지가 정해졌다. 때마침 예전부터 가

보고 싶었던 산이 있었다. 처음 가는 곳이라서 기대되었다.

기껏 왔으니 미술관도 들여다보았다. 하지만 둘 다 미술품의 위대함에 대해서는 그다지 해박하지 않아서 빠른 걸음으로 관내를 한 바퀴만 돌고 나와버렸다. 시오리가 그보다 다른 산책로를 마음에 들어 하는 것 같았기 때문에 이번에는 그쪽으로 언덕을 내려갔다.

이쪽 산책로는 중간에 놀이기구가 없어서 사람이 거의 보이지 않았다. 조용해서 좋다는 생각을 하면서 천천히 걸어 내려갔다. 도중에 있는 연못 광장에 아담한 정자가 있어서 그곳에 앉아 한숨을 돌렸다.

"시원하네."

"그러네."

정자의 그늘 아래 있으니 근처에서 물 흐르는 소리도 어우러져 굉장히 시원하게 느껴졌다. 땀이 가실 때까지 딱히 아무 이야기도 하지 않고 시간을 보냈다.

"아!"

갑자기 시오리가 큰 소리를 냈다.

"왜 그래?"

"……사람 돕는 걸 까먹고 있었어."

그럼 그렇지 하고 나는 쓴웃음을 지었다. 중간부터 시오리는 공원을 완전히 즐기기만 하고 있었다.

"곤란한 상황에 처한 사람이 없는 건 좋은 일이잖아?"

"그건 그렇지만."

시오리는 인상을 찌푸리며 고개를 숙였다. 사람을 돕지 못한 게 안타까운 걸까, 아니면 사람을 돕기 위해서 어려운 상황에 처한 사람을 찾았다는 행위에 새삼스레 죄책감을 느낀 걸까.

"왜 갑자기 사람을 돕겠다는 이야길 꺼낸 거야?"

시오리는 확실히 자주 엉뚱한 말을 한다. 하지만 이야기를 들어보면 제대로 된 이유가 있었고 결코 제멋대로는 아니었다.

잠시 가만히 있던 시오리는 이윽고 포기한 듯이 입을 열었다.

"아빠를 만났어."

예상 밖의 말에 잠시 사고가 정지되었다.

아빠라는 것은 엄마와 이혼한 시오리의 아빠를 말하는 걸 테다. 소장과 심하게 다투고 두 번 다시 만나지 않겠다는 말을 남기고 떠났다던 그 사람.

"어, 엄마한텐 비밀로 해줘!"

순간적으로 시오리네 부모님이 화해를 했나 싶었지만,

아무래도 아닌 모양이었다. 시오리는 엄마에게는 비밀로 하고 헤어진 아빠를 만난 것이었다.

"만나면 안 된다고는 생각했지만 요전번에 집 청소를 하다가 아빠 사진이 나왔는데, 너무 보고 싶은 거야……. 그래서 어제 아빠네 회사까지 만나러 갔어."

"그렇구나. 만나보니 어땠어?"

"아빠, 자상했어. 잘 찾아왔다면서 머리를 쓰다듬어주고 큰 파르페를 먹으러 데리고 가주기도 했어……. 기뻐서 엄마랑 화해할 수 없냐고 물어봤어. 그치만 그건 불가능하다는 말을 들었어."

우리 부모님은 이혼했지만 지금도 사이는 좋다. 그래서 시오리에게 해줄 말을 찾기가 어려웠다. 무슨 말을 해도 요점에서 벗어날 것 같은 느낌이 들었다.

"하지만 아빠가 말했어. 더 이상 같이 살 순 없지만, 쭉 나를 사랑한다고. 그러니 아빠가 없더라도 착한 애로 자라달라고."

"그래서 사람을 도우려 한 거야?"

"응. 보답을 바라지 않고 다른 사람을 도울 수 있는 사람이 되라고 했거든."

"그렇다고 해도 그것 때문에 사람이 곤란해하는 상황을

바라는 건 무의미하잖아."

"응……. 그렇긴 하지."

이것이 시오리의 재미있는 점이었다. 목적을 위해서는 수단을 가리지 않는다고 할까, 나무는 봐도 숲은 보지 않는다고 할까. 시오리는 결국엔 자기혐오에 빠지고 말았다.

연구소에서 처음 만났을 때 느닷없이 패러렐 시프트 실험 대상으로 이용당한 일을 떠올렸다. 조금 성장해도 속은 전혀 달라지지 않았다. 그때와 같은 얼굴로 고개를 숙인 시오리를 보고 나는 다시 쓴웃음을 지을 수밖에 없었다.

"그럼 앞으로 내가 곤란한 상황에 처하면 도와줘."

그건 내 나름대로의 배려인 셈이었다. 시오리가 미소 짓고 씩씩하게 고개를 끄덕이는 모습을 상상하고 있었다.

그런데 시오리는 인상을 찌푸린 채 웃는 얼굴을 보여주지 않았다.

"물론 도울 거야."

"뭐야, 날 돕는 건 불만이야?"

"그건 아니지만…… 고요미는 친구니까."

"친구니까 뭐야."

"저기 그러니까…… '이름을 댈 만한 사람은 아니에요' 라고는 말 못하잖아?"

"뭐어?"

애가 무슨 소릴 하는 거지?

"보답을 바라지 않는 도움은 그런 거잖아? 모르는 사람을 돕고 상대가 이름을 물으면, 이름을 댈 만한 사람은 아니라고 대답하는 거. 그러니까 상대가 고요미면 안 돼."

그렇게 말하는 시오리의 얼굴은 진지함 그 자체였다.

나는 무심코 한숨을 쉬고 말했다.

"넌 가끔 엄청난 바보인 것 같아."

"뭐…… 뭐라고? 나 바보 아냐!"

울음을 터뜨릴 것 같은 얼굴로 대꾸하는 시오리를 보고 무심결에 머리를 쓰다듬어주고 싶어졌다.

○

나와 시오리는 어제 약속했던 대로 얼른 등산을 가기 위해 오늘도 함께 외출했다.

등산이라고 해도 산을 오르는 것이 목적은 아니었다. 산 중턱에 재미있는 장소가 있어서 그곳에 가는 것이 목적이었다. 그곳까지는 포장도로여서 나와 시오리는 숨을 헐떡이며 자전거를 밀어 언덕길을 올라가고 있었다.

자전거는 올라갈 때는 괜한 짐밖에 되지 않지만 돌아갈 때는 단숨에 길을 내려갈 수 있다는 점을 마음의 위안으로 삼아 계속 올라갔다. 마침내 목표로 하던 주차장을 찾아서 그곳에 자전거를 세워뒀다. 설마 시간이 이렇게나 걸릴 줄은 생각지도 못했다. 출발한 것은 3시쯤이었는데 시계를 보니 벌써 5시를 지나고 있었다. 역에서 이곳까지 오는데 두 시간 이상 걸리고 말았다. 중간에 길을 조금 헤매기도 했고, 목적지에 다가오면서 오르막이 늘어난 것이 원인이라는 생각이 들었다. 지도상 거리가 10킬로미터 조금 더 됐기 때문에 방심했다.

하지만 여기까지 오면 산은 거의 다 오른 거나 마찬가지였다. 아직 정상은 아니지만 목적지는 바로 그곳에 있을 터였다. 손으로 그린 지도에 의지해서 최종 목적지로 향하자 딱히 헤매지 않고 약 5분 후 '종각 전망대'라고 쓰인 현판을 발견했다.

그곳에 있는 사물을 보고 시오리가 눈을 동그랗게 떴다.

"종?"

그렇다, 종이다. 섣달 그믐날에 스님이 치는 커다란 종. 그것이 산 정상에 있었다.

"여기가 전망대야?"

조금 불만스럽게 시오리가 중얼거렸다. 시내를 내려다볼 수는 있었지만, 주변에 나무도 자라 있어서 딱히 전망대 같은 분위기는 아니었다. 끙끙대며 자전거를 밀면서 올라왔으니 불만을 토로하는 게 당연했다.

하지만 내가 가려던 장소는 이곳이 아니다.

"시오리, 이쪽이야, 이쪽."

나는 시오리에게 손짓해서 종 반대편으로 데려갔다.

"……아!"

그곳에는 종각 지붕에서 사다리가 거의 수직으로 내려와 있었고 지붕에는 사람 한 사람이 지나갈 수 있을 정도의 구멍이 뚫려 있었다.

"이거…… 혹시 올라갈 수 있는 거야?"

"정답이야."

표정이 환해진 시오리에게 나도 모르게 미소를 지었다. 이 얼굴이 보고 싶어서 이곳까지 데려온 것이다.

료젠 종각 전망대. 역에서 10킬로미터 정도 남쪽에 있는 료젠이라는 산 중턱에 있는 전망대였다. 본래는 료젠사라는 절의 종각이지만, 그 지붕 위가 전망대로 꾸며진 재미있는 장소였다. 연구소 사람에게 이야기를 듣고 언젠가 가보고 싶다고 생각하고 있었다.

"내가 먼저 올라갈 테니 조심해서 따라와."

"응."

가파른 사다리를 천천히 타고 올라가서, 시오리에게 손을 빌려줘 끌어올렸다. 위에 도착했지만 아직 경치가 보이지 않도록 일부러 눈을 가렸다.

그리고 둘이 나란히 서서 고개를 들었다.

"⋯⋯멋있어!"

어제 갔던 미술관 전망대는 해발고도 100미터도 되지 않지만, 이곳은 400미터에 가까운 모양이었다. 전망은 확연히 달랐다. 미술관에서는 잘 보이지 않던 바다도 이곳에서는 또렷하게 보였다.

"시오리랑 이곳에 오고 싶었어."

"응⋯⋯ 고마워, 고요미."

시오리는 눈을 가늘게 뜨고 풍경을 바라보고 있었다. 나는 풍경보다도 그 옆모습을 보고 말았다. 찰랑찰랑한 까만 머리가 바람에 나부껴서 복숭아 같은 달콤한 향기가 내 코에 닿았다. 왠지 떳떳하지 못한 행동을 하고 있다는 느낌이 들어서 다급히 고개를 돌렸다.

그런 내 귀에 이번에는 더욱 기분 좋은 말이 와닿았다.

"나도 고요미랑 여기에 와서 좋아."

시오리는 이쪽을 향해 조금 수줍게 웃었다.

내 심장이 쿵하고 크게 고동쳤다.

뭐지? 갑자기 고동이 빨라졌다. 얼굴로 피가 솟구치는 듯하고 뺨도 뜨거워졌다. 귀까지 뜨거워진 느낌이 들었다. 시오리에게 들키는 것이 부끄러워서 몸을 반대편으로 돌리고 말았다. 뺨을 어루만지는 바람이 얼른 열을 식혀주기를 바랐다.

대화가 끊기고 잠시 동안 서로 아무 말 없이 풍경을 보며 시간을 보냈다. 시오리의 옆모습을 들여다보니 시오리도 뺨이 조금 붉어진…… 것처럼 보인 것은 기분 탓일까.

뺨에 오른 열기가 마침내 가시고 시계를 보니 이제 슬슬 6시가 되려고 하고 있었다. 올 때만큼 시간이 걸리진 않겠지만 슬슬 내려가지 않으면 도착했을 때 깜깜해지고 만다.

그럼 슬슬 내려가볼까…… 하고 말하려다 갑자기 한 가지 생각이 떠올라 입을 닫았다.

전망대를 알려준 연구원은 이렇게 말했다.

종각 전망대는 최고의 야경 명소라고 말이다.

지금은 7월 말. 일몰 시각은 대략 저녁 7시 정도일 테다. 앞으로 두 시간만 기다리면 시오리와 함께 최고의 야경을 볼 수 있다.

물론 어두워지면 돌아가는 길이 위험해지고 길을 헤맬지도 모른다. 만약 집에 9시 넘어 돌아가면 역시 혼나지 않을까 싶었다.

그렇지만 기껏 왔으니 야경이 보고 싶었다.

……야경을 보는 시오리의 옆모습이 보고 싶었다.

어떻게 해야 할지 고민하는 나에게 타당한 선택지를 제시하듯이 시오리가 말했다.

"저기, 슬슬 가는 게 낫지 않을까?"

알고 있다. 그게 정답이다.

하지만 나는 말했다.

"저기 말이야, 여긴 야경이 엄청 예쁘대."

"야경?"

"응. 그러니까 어두워질 때까지 여기에 있지 않을래?"

내가 그렇게 말하자 시오리는 곤란한 듯이 미간을 찌푸렸다.

"그치만…… 8시쯤 돼야 어두워지잖아. 그때까지 기다리면 집엔 10시쯤 도착하지 않을까?"

"돌아가는 길은 내리막이니까 그렇게 오래 안 걸릴 거야. 빨리 가면 8시에는 돌아갈 수 있을 거야."

"어두워지고서 그렇게 서두르면 위험해."

"그치만 야경이 예쁘다고……."

더 이상 강요하지 못하고 나는 입을 다물었다. 이모저모 생각해도 시오리가 하는 말이 타당했다.

하지만 시오리가 말했다.

"……응, 알겠어. 야경도 보고 갈까?"

정말? 하고 환호성이 터져 나올 것 같았다.

어쩔 수 없지, 하고 떼를 쓰는 아이를 보는 것처럼 곤란한 얼굴로 웃는 시오리를 보고 나는 왠지 나 자신이 몹시 한심하게 느껴졌다.

"……아냐, 역시 됐어. 그냥 가자."

그렇게 말하고 시오리의 대답을 기다리지 않고 사다리를 내려갔다.

"그래도 괜찮아?"

망설이면서도 시오리는 나를 따라왔다. 그리고 아무 말 없이 자전거를 타고 내리막을 내려가기 시작했다. 그렇다, 산을 내려가야 하니까 어두워지면 위험한 정도로 끝나지 않는다. 만약 시오리에게 무슨 일이 생기면 큰일이다.

나는 아무 말도 하지 못한 채 브레이크를 잡으며 내리막을 천천히 내려갔다.

그러자 시오리가 곁으로 와서 나란히 달리며 상냥한 목

소리로 말해주었다.

"어두워져도 혼나지 않을 만큼 어른이 되면 다시 같이 오자."

"어른이 됐을 때 같이 있을지 없을지 모르잖아."

기쁘면서도 그렇게 볼멘소리로 대답하고 말았다. 나는 어째서 토라진 걸까.

"꿈을 꿨어."

시오리는 갑자기 그런 이야기를 하기 시작했다.

"꿈?"

"응. 타임머신을 타고 미래의 내가 만나러 오는 꿈."

시오리를 보니 무척이나 평온한 얼굴로 앞을 보고 있었다.

"미래의 내가 말이지, 내가 어른이 되고 할머니가 되어도 고요미랑 같이 있게 된다고 말했어."

아아.

어쩜 그렇게 멋진 꿈이 다 있을까.

"할아버지가 된 고요미가 노망이 들어서 나를 잊어버리는 거야. 그러면 내가 고요미를 도와주고 이름을 댈 만한 사람은 아니라고 말하는 거지."

"……분명 네가 먼저 노망이 들 거야."

"아하하. 그럴지도 모르지. 그렇게 되면 고요미가 날 도와줘."

"그래, 알겠어."

"정말?"

기쁜 듯 나를 바라보는 시오리. 이런 꿈 이야기에 눈을 빛내고 있었다.

나도 진지하게 답했다.

"약속할게. 네가 곤란한 상황에 처하면 내가 꼭 도와줄게."

"응."

아마도.

나는 이날 사랑에 빠진 것 같다.

○

나와 시오리의 열네 살 여름은 평온했다.

그날 나와 시오리는 연구소 보육실에 있었고, 아빠와 소장도 그곳에서 휴식하는 중이었다. 두 사람에게서 허질과학에 대한 간단한 강의를 듣고 있었다.

"허질과학의 '허질'은 뭘 뜻하는지 아니?"

소장이 낸 문제에 나와 시오리는 얼굴을 마주 보았다. 어렴풋이는 알고 있지만 새삼스럽게 설명하라고 하니 어려웠다.

"으음…… 바다?"

"그건 비유를 든 거고, 허질과학은 우선 허질 공간이라는 개념상의 공간을 상정하는 데서 시작돼. 분자로 구성된 물질 공간에 대해 허질소자로 구성돼 있는 허질 공간. 이 세계는 물질 공간과 허질 공간이 서로 겹쳐 있다고 할 수 있지."

소장은 평소에도 조금 특이한 말투를 사용하지만 진지한 이야기를 할 때면 딱딱한 말투를 쓴다. 그럴 때면 나도 소장에게 그만 학생처럼 대답하고 만다.

"그 허질 공간을 바다에 비유하는 거죠?"

"그래, 평행세계라는 개념을 이해하기 위해선 분명 그렇지만……. 그 이전에 허질 공간이라는 건 '변화하기 위한 장'이라고 할 수 있지."

"변화하기 위한 장?"

"그래. 이 세계에는 시간이 흐르고 있어. 그 시간을 만들어내는 게 허질 공간이야. 그리고 시간은 변화를 뜻해. 역설적이지만 그래서 허질 공간이란 변화하는 장이 되는 거야. 시간이 존재하니 변화하는 게 아니라 변화가 곧 시간인 셈이지."

나도 열네 살치고는 영리한 편이라고 자부했지만, 역시 한 학문을 만들어낸 천재의 이야기를 선뜻 이해하기는 힘들었다.

잠자코 이야기를 듣고 있는 시오리에게 눈길을 돌렸다. 시오리도 곤란한 얼굴로 나를 보고 있었다. 어쩌면 시오리는 알고 있지 않을까 싶었지만 그렇지 않은 모양이었다.

나는 아빠에게 도움을 요청했다. 이런 때를 위해서 엄마와 이혼한 후 어려운 개념은 되도록 이해하기 쉽게 예를 들어서 설명해달라고 계속해서 부탁해왔다.

내가 기대했던 대로 아빠는 예를 들어 이야기하기 시작했다.

"그래……. 예를 들어 공을 던진다고 치자. 이때 시간의 흐름에 따라서 공이 앞으로 나아가는 게 아니라, 공이 앞으로 나아가는 변화를 우리는 시간이라고 부른다는 거지."

"……무슨 말이야?"

"즉, 이 세계에 시간은 본래 존재하지 않고 단순히 '다른 상태'가 연속돼 있을 뿐이라는 뜻이야. 아, 플립 북을 예로 들면 이해하기 쉬우려나. 한 장 한 장은 단순한 그림이지만, 겹쳐서 넘기면 움직이는 것처럼 보이잖아. 그 '움직이는 것처럼 보이는' 현상을 우리는 '시간'이라고 부르는 거지, 알겠어?"

"응…… 대강은."

내가 고개를 끄덕이자 소장은 다시 이야기를 이어갔다.

"그 '다른 상태'를 만들어내고 있는 게 허질소자야. 변화하려고 하는 우주의 의사. 옆에 존재하는 자신과 다른 사람이길 바라는 외로움쟁이."

이 사람은 똑똑한 데다 이따금 묘하게 시인이 되곤 한다. 옛날 애니메이션이나 게임, 라이트노벨을 좋아하는 것같았다. 그에 나온 고유명사나 대사를 사용하는 습관이 있다고 아빠에게 들었지만, 그럴수록 한없이 이해하기 어려워질 뿐이었다.

이번에는 내가 해석을 요구할 필요도 없이 아빠가 예를 들어서 설명을 이어갔다.

"이 세계가 한 권의 노트라고 한다면 허질 공간은 새하얀 종이야. 한 장 한 장에 뭐든 좋아하는 걸 그려서 플립 북을 만들 수 있지. 그곳에 그려진 글자나 도형이 각각의 물질 공간이야. 즉, 종이의 재료가 '허질'이고 종이에 스며든 잉크가 '물질'인 거지. 허질은 물질에 형태를 부여하기 위해 존재하고, 물질은 허질이 없으면 형태를 이룰 수 없어. 그렇게 생각하면 돼."

"응. 그렇게 말하니 알겠어."

오랜 시간의 고생이 빛을 봐서 아빠는 이해하기 쉽게 예를 드는 방법에 통달했다. 그렇지 않았다면 나는 분명 소장이 하는 이야기의 절반도 이해하지 못했을 테다. 시오리도 이해했다고 고개를 끄덕이자 다시 소장이 이야기를 이어나갔다.

"허질 공간은 허질소자로 채워져 있어. 이 허질소자가 물질 공간의 형태를 만들고, 그 변화의 차이가 평행세계가 되는 거지. 각각의 세계에서 변화한 소자가 그려내는 문양을 나는 '허질문'이라고 이름 붙였어. 영어로는 'Imaginary Elements Print', 축약해서 IP라고 부르는 때가 많지."

"다시 노트로 예를 들자면 같은 페이지에 그려진 여러 도형 하나하나가 평행세계라고 할 수 있어. 각 도형의, 말하자면 뒷면에 비치는 문양이 허질문이 되지."

아빠가 또다시 예를 들어 설명해주어 고마운 마음이 들었다.

"나는 지금, 세계의 IP를 측정해서 평행세계 사이의 차이를 수치화하는 연구를 메인으로 하고 있어. 하지만 허질소자를 관측할 방법은 아직 존재하지 않으니 물질의 소립자 상태를 측정해서 유사적으로 IP를 도출해내는 수밖에 없지. 그렇게 측정한 IP의 차이를 수치화한 다음 표시하면 지금 자신이 원래의 세계에서 얼마나 떨어진 평행세계에 있는지를 알 수 있어. 아직 샘플도 완성되지 않은 단계지만 구상하기로는 손목시계 같은 타입의 단말기로 만들 예정이야."

살짝 상상해봤다. 손목에 감긴 단말기에 표시된 수치로 자신이 지금 어느 평행세계에 있는지를 확인한다……. 왠지 만화 같은 이야기였다.

"이 IP를 관측하거나 제어함으로써 평행세계를 능숙하게 이동할 수 있느냐를 연구하는 게 허질과학이라는 학문이지."

"아빠도 소장님이랑 같은 연구를 하는 거야?"

"아니, 내 연구는 또 달라. 실은 연구 내용을 너무 이야기하는 건 바람직하지 않지만 말이지."

"애들한테는 괜찮지 않아?"

대수롭지 않게 말하는 소장에게 아빠는 못 말린다는 듯이 어깨를 으쓱했다.

"흐음……. 허질과학은 과학의 발전에 공헌할 거라고 예상하지만 이대로 발전해가면 그걸 이용한 새로운 범죄가 발생할지도 몰라."

"범죄? 어떤 범죄?"

"정확하게 말하면 범죄가 아니라 누명이지. 죄를 뒤집어 씌우는 거야. 예를 들어 평행세계의 고요미가 물건을 훔쳤 다고 치고 그 고요미가 이 세계로 패러렐 시프트한다면 이 세계에서는 물건을 훔친 일이 발생하지 않았으니 그 죄는 사라지게 돼. 대신 건너편 세계로 간 고요미가 절도죄를 뒤 집어쓰게 되는 거야. 이건 충분히 있을 수 있는 이야기지."

"진짜 그러네……. 그럼 어떻게 해야 하는 거야?"

"범죄자가 패러렐 시프트하지 못하도록 뭔가 방법을 생 각해내야지. 그런 것도 우리 일이야. 내 연구는 그쪽이지."

"그렇구나."

저기 선생님, 이라고 말하는 양 시오리가 손을 들었다.

"경찰도 시프트해서 체포하면 되지 않아요?"

"하지만 범인이 어느 세계로 도망쳤는지 모르지 않을까?"

"아, 그렇구나……. 그럼……."

나와 시오리는 서로 이런저런 의견을 교환했다. 원래 공 부는 좋아하는 편이지만, 시오리와 함께라면 더더욱 즐거 웠다.

아빠와 소장은 우리를 방해하지 않고 어른들끼리만 무 언가 속닥속닥 이야기하고 있었다. 이따금 이쪽으로 눈길을 보내면서. 무슨 일이지?

그리고 우리 이야기가 일단락된 타이밍을 가늠하더니 소장이 갑자기 말했다.

"너희 사귀니?"

……너무나도 갑작스러운 그 말에 나와 시오리는 곧장 아무 말도 할 수 없었다.

"너희 역시 그런 사이니?"

이건 아빠가 한 말이었다. 그런 사이가 어떤 사이를 말하는 건지 이해하는 건 나보다도 시오리 쪽이 빨랐다.

시오리가 먼저 크게 화를 냈다.

"무…… 무슨 소리야?! 고요미랑 그런 거 아냐! 엄마 바보야!!"

소장과 닮아서 간혹 괴짜 같은 언동을 보이기도 하지만, 시오리는 원래 얌전한 성격이라 엄마에게 반항하거나 언성을 높이는 모습을 본 건 그게 처음이었다.

그런 사이냐는 둥, 그렇지 않다는 둥. 무슨 소리를 하는지는 나도 알고 있었을 텐데 어째서인지 나는 한동안 그 말을 이해하지 못했다. 아빠와 소장이 나와 시오리를 남녀 관계로 보고 있다는 것을 서서히 이해했을 때 비로소 나는 처음으로 어른에게 혐오감을 느꼈다.

확실히 나는 바로 얼마 전, 시오리를 향한 그런 마음을 자각한 참이다.

하지만 나는 내 나름대로 그 마음을 소중히 여기고 있었다. 어쩌면 지금이라도 고백하면 시오리는 고개를 끄덕여 줄지도 모른다. 하지만 지금까지보다 더 많은 시간을 들여 천천히 마음을 키워서, 자연스레 친구 이상의 관계가 되고 싶었다. 나와 시오리의 관계는 둘이서 그렇게 쌓아온 것이었다.

그런데 뭐지, 지금 한 말은?

뭐라고 해야 좋을까, 나와 시오리가 둘이서 정성스럽게 색을 입혀온 캔버스에 어른들이 제멋대로 결정적인 색을 덧칠한 것 같았다.

나와 시오리가 소중히 그려온 그림은 이제 우리가 바라던 대로는 완성되지 않을 것이다.

태어나서 처음으로 나는 아빠를 때렸다.

"……웃기지 마."

나와 시오리는 열네 살이라는 나이치고는 드물게 반항기다운 반항기가 없었지만, 그것이 제2차 반항기의 시작이었다고 생각한다.

나한테 맞은 아빠는 자신이 어째서 맞았는지 알 수 없다는 표정으로 멍하니 나를 보고 있었다. 그건 소장도 마찬가지였다.

엄마에게 화를 낸 시오리는 내가 아빠를 때리는 모습을 보고 돌변해서 걱정스러운 표정을 짓고 있었다. 나는 어째서 시오리가 이런 얼굴을 해야 할까 하는 생각에 점점 화가 나서 아빠와 소장에게 등을 돌렸다.

"시오리, 가자."

"......응."

보육실을 나가는 나를 시오리는 얌전히 따라 나왔다. 순간 손을 잡을까 생각했지만 관두기로 했다.

그 후 나와 시오리는 근처 하천 부지로 가서 강을 향해 돌을 던지며 서로의 부모에 대해 불평을 늘어놓았다. 하지만 그때까지 우리 두 사람은 부모에게 반항한 전례가 없었기에 불평하는 일마저 어설프기 짝이 없었다.

"엄마 너무해. 왜 그런 소릴 한 거지?"

"영문을 모르겠어. 나랑 시오리랑 뭐가 어쨌다는 거야."

"고요미네 아빠, 역시라고 말했어."

"뭐가 역시야. 자긴 엄마랑 이혼한 주제에 아는 척이나 하고."

"우리 엄마도 마찬가지야. 아빠를 그렇게 화나게 해놓고서는."

"순 자기들 마음대로라니까⋯⋯. 더 때릴걸 그랬어."

화가 나는 대로 수면에 돌을 집어던졌다. 참을 수 없이 화가 났다.

시오리가 엄마에게 한 그 말.

고요미랑 그런 거 아냐.

내가 가장 듣고 싶지 않았던 말을 이런 형태로 듣게 되어버렸다.

나는 이제 와서야 이해한 셈이다. 시오리에 대한 마음을 자각하고서도 고백하지 않았던 이유는 그 말만큼은 듣지 않기 위해, 우리 두 사람의 거리를 일부러 애매모호하게 해두기 위해서였다.

하지만 시오리는 그 말을 하고 말았다.

"⋯⋯우린 그런 게 아닌데 말이지."

"⋯⋯내 말이."

정해두고 싶지 않았던 우리 두 사람의 관계는 어른들 때문에 형태가 생기고 말았다.

○

　세계의 붕괴가 시작된 게 그날이었다고 하면 호들갑스
러울지도 모른다. 하지만 과장하지 않고 내 세계가 급속도
로 색을 잃어가기 시작한 건 그날이었다.

　8월 15일. 작년에 세상을 떠난 할아버지의 첫 제사였기
때문에 나는 아빠와 함께 외갓집에 찾아갔다. 아빠를 처음
때린 그날 이후, 되도록 아빠와는 얼굴을 마주하지 않도록
매일 시오리와 놀러 다녔고 집에서도 내 방에 틀어박힌 채
제대로 대화도 나누지 않으며 지냈지만 역시 이날은 그냥
넘어갈 수 없었다.

　엄마는 외동이기 때문에 모이는 친척은 할아버지와 할
머니의 형제나 그 자녀들이었다. 얼굴도 잘 모르는 친척들
에 둘러싸여 익숙하지 않은 정좌를 한 채 스님의 기나긴 염
불과 이해할 수 없는 이야기를 들었다.

　그 후에도 정해진 수순대로 잘 모르는 숙모의 "많이 컸
네" 하는 말에 억지웃음으로 답했고, 술을 마시고 치근대
는 잘 모르는 숙부를 화장실에 가는 척하며 피했다. 친척
들이 다들 돌아가고 나와 아빠와 엄마, 그리고 할머니 넷만

남았을 때는 이미 밤도 깊어졌을 무렵이었다.

다 같이 정리를 끝낸 후 할머니는 먼저 쉬러 들어가고 오랜만에 가족 셋이서 시간을 보냈다. 엄마가 끓인 차를 셋이서 홀짝이고 있자니 나는 왠지 모르게 어색한 기분이 들었다. 하지만 엄마는 옛날과 전혀 변함없는 모습으로 아빠에게 말을 걸었다.

"와줘서 고마워. 오기 싫었지?"

"당신은 외동이니까."

아빠와 엄마의 대화는 늘 어딘가 맞물리지 않는 것처럼 들린다. 내 나름대로 해석하자면, 이혼했으니 엄마 쪽 친척 모임에 오기 싫지 않았냐는 엄마의 물음에 먼 친척뿐이니까 딱히 신경 쓰지 않는다는 뜻이 담긴 대답을 아빠가 한 거라고 생각한다. 아빠의 이런 대화 방식 때문에 엄마와 조금씩 틀어져서 최종적으로는 이혼을 하게 됐지만 오랜만에 그런 대화를 한 엄마는 의아하게도 즐거운 듯 웃고 있었다.

"자고 갈 거지?"

"아니, 난 집에 갈게. 고요미는 자고 오고 싶으면 자고 와도 돼."

"응. 그럴게."

무뚝뚝하게 대답했다. 그런 소릴 하지 않아도 애초에 그럴 생각이었다. 지금은 아직 아빠와 되도록 함께 있고 싶지 않았다.

그런 내 모습에서 무언가 짐작했는지 엄마가 곤란한 얼굴로 나를 쳐다봤다.

"고요미, 아빠랑 싸우기라도 했니?"

"딱히."

"반항기겠지. 딱 그럴 나이잖아."

"그래? 고요미도 벌써 중학교 2학년이지. 진학할 학교는 생각해봤어?"

"우에노가오카나 마이즈루에 진학할까 싶은데."

"어머나 대단하네. 고요미는 아빨 닮아서 똑똑하지."

어째서일까. 지금까지는 전혀 그렇지 않았는데 아빠를 닮았다는 소리를 듣는 것만으로도 괜히 화가 났다. 얼마 전까지는 아빠와 마찬가지로 연구원이 되고 싶다고까지 생각했는데.

"그런데."

아빠가 갑자기 앉은 자세를 고치고 말했다.

"오늘은 두 사람한테 할 말이 있어."

"할 말?"

엄마가 고개를 갸웃거렸다. 그건 나도 마찬가지로, 아빠에게 특별히 아무 이야기도 듣지 못했다. 나뿐만 아니라, 엄마뿐만 아니라 두 사람에게. 대체 무슨 이야기일까.

어쩌면 하는 생각이 들었다.

어렴풋한 기대지만 어쩌면…… 다시 합치자는 이야기가 아닐까?

아빠와 엄마 사이에 뭔가 결정적인 문제가 있었던 건 아니다. 사실 이혼한 후에도 이렇게 사이좋게 지내고 있었다. 아빠와 둘이서 살던 몇 년간 특별히 불편한 점은 없었지만 엄마가 있었으면 좋겠다고 생각한 적은 몇 번이나 있었다. 그건 분명 아빠도 마찬가지일 테다.

이혼의 원인은 아빠와 엄마의 대화가 어긋나서다. 연구직에 종사하는 아빠가 자신이 가진 특수한 지식을 전제로 엄마와 대화했기 때문이다. 하지만 그것은 이혼 후 아빠와 둘이 살게 되면서부터 내가 이해하기 쉬운 방식을 요구함으로써 상당히 개선되었을 터였다. 허질과학이라는 어려운 학문 이야기를 물속에서 떠오르는 거품으로 예를 들어 설명할 수 있게 되었을 정도로 말이다.

할아버지가 세상을 떠나고 엄마는 지금 이 넓은 집에서 할머니와 단둘이 살고 있다. 재혼을 생각한다는 이야기도 듣지 못했다. 어쩌면 아빠는 다시 한 번 다 함께 살고자 하는 게 아닐까.

아빠는 나를 보고 엄마를 보더니 말했다.

"실은 재혼을 생각하고 있어."

야호! 하고 그 순간에는 그렇게 생각했다.

하지만 엄마의 반응으로 그것이 나의 착각이라는 사실을 깨달았다.

"그래? 상대는 누구야?"

……상대라니? 엄마가 아냐?

그럼 대체 누구란 말이야? 나한테 엄마 말고 다른 엄마가 생긴다는 건가?

느닷없이 세상이 뒤집힌 것 같아서 혼란스러웠다.

그래서 아빠가 다음에 한 말도 무슨 뜻인지 바로 이해하지 못했다.

"연구소에서 같이 일하는 사토 소장이야. 당신도 알고 있을 거야."

……사토 소장?

"아아……. 왠지 역시라는 느낌이네."

"상대도 몇 년 전에 이혼해서 지금은 고요미랑 나이가 같은 딸이랑 둘이서 살고 있어."

나랑 나이가 같은 딸?

"그럼 고요미한테 누나나 여동생이 생기는 거네?"

"생일은 분명 고요미가 빠를 거야. 그러니 동생이 되겠지."

잠깐만. 마음대로 이야기 진행시키지 말라고.

"고요미는 그 앨 알고 있어?"

"응. 매일 같이 놀 만큼 사이가 좋아."

그 애라는 건 즉, 내가 매일 같이 놀고 있는 그……

"그래? 그럼 사이좋은 남매가 되겠네."

……시오리를 말하는 건가?

시오리가 내 동생이 된다고?

분명 친구 이상의 관계가 되고 싶다고는 생각했다. 남매라면 확실히 친구 이상일 것이다. 하지만 틀리다. 그게 아니라ー.

사고가 정지된 나를 두고 아빠와 엄마가 대화를 이어나갔다.

"그건 이미 상대랑도 이야기가 된 거야?"

"응. 지금쯤 상대도 딸한테 이야기하고 있을 거야."

"고요미한테 이야기한 건 이게 처음이야?"

"응."

"그럼 우선 고요미한테 물어봐야지."

"그래. 고요미, 연구소 소장 잘 알지? 시오리네 엄마 말이야.”

“응.

사고가 정지된 채 반사적으로 대답했다.

“그 사람이 네 새엄마가 돼도 괜찮을까?”

“아무래도 상관없어.”

괜찮다. 소장이 엄마가 되는 건 상관없다.

하지만 시오리가 여동생이 되는 건 또 다른 문제다.

“그래? 고마워. 지금 바로 합치는 건 아니니까 시간을 조금 더 들여서 소장이랑 사이좋게 지내줬으면 좋겠어. 그러니 연구소에 또 놀러 와.”

“……응.”

아무 생각 없이 대답했지만, 이걸로 괜찮을까?

“우선 축하한다고 말해야겠네.”

“고마워. 당신도 좋은 상대를 꼭 찾았으면 해.”

“훗. 내 나이가 몇이라고 생각해. 당신처럼 되진 않아.”

“……그런가.”

“그렇지.”

“그렇진 않을 거야. 당신은 정말 매력적인 사람이니까…….”

“정말 그렇다면 이혼 따윈 안 했겠지.”

"그건 내가······."

"됐어. 당신의 나쁜 점. 상대를 이해하지 않고 자신의 탓으로 돌리는 건 이젠 관둬. 정당하게 상대의 탓으로 돌리기도 해야지."

"······왠지 당신답지 않은 말투네."

"호호. 당신이랑 헤어지고 나서 언젠가 한소리 해줘야겠다고 쭉 생각했거든."

"당신은 역시 매력적이야."

"고마워. 당신이 그렇게까지 말한다면 나도 좀 더 분발해볼게."

아빠와 엄마는 평범하게 어른들만의 대화를 이어가고 있었다.

그 사이에 나는 계속 시오리를 생각했다.

시오리가 동생이 된다. 그러면 지금보다 더더욱 같이 있을 수 있다. 그건 기쁘다.

하지만 그게 문제가 아니잖아?

나는 시오리와 남매가 되고 싶었던 건 아니잖아?

그쯤에서 나는 다시 생각했다.

그럼 시오리는 어떨까?

아빠는 소장도 지금쯤 시오리에게 이야기하고 있을 거

라고 말했다.

시오리는 지금 무슨 생각을 하고 있을까……?

○

아빠에게 재혼 이야기를 듣고 외갓집에서 묵은 다음 날. 나는 그대로 집에 돌아갈 마음이 들지 않아서 시오리를 불러냈다.

우리가 다니는 중학교 바로 근처에 있는 공원에서 만나 아무 일도 없었던 양 오늘은 어디로 갈지 이야기했다. 시오리도 엄마에게 재혼 이야기를 들었을 테지만 표정을 들여다봐도 평소와 다름없이 웃고만 있었다.

"저기 고요미, 오늘은 가고 싶은 곳이 있어."

어쩐 일인지 시오리가 그런 말을 꺼냈다. 평소에는 대부분 내가 친구나 연구소 사람에게 들은 여러 장소로 시오리를 데리고 갔다.

"어디?"

"다노우라 해변. 가본 적 있어?"

"응, 수족관 근처 말이지? 옛날에 한 번 가봤어."

자전거로 가면 30분 정도 걸리던가. 길은 국도를 따라 있어서 넓었고 기복도 적었기 때문에 사이클링을 겸해 가는 데 때마침 좋을지도 몰랐다. 게다가 해변이라면 여름에 제격일 테다.

"거기에 가고 싶어."

"상관은 없는데 그럼 수영복 가지러 집에 가야지."

"아니, 수영은 안 해도 돼. 거기서 이야기를 좀 하고 싶어."

기껏 해변에 가는데…… 하고 조금 아쉬웠지만, 시오리와 둘이서 수영을 하러 가는 것도 부끄러울지 모른다. 결국 나와 시오리는 그길로 자전거를 타고 이동했다.

바다를 바라보며 국도 10호선을 자전거로 30분 정도 북상했을 때 오른편으로 보이는 바닷가 공원이 다노우라 해변이다. 무료로 입장할 수 있어서 아이들끼리 놀러 가기에도 적합한 장소였다.

주차장에 적당히 자전거를 대고, 나와 시오리는 산책로를 걷기 시작했다. 여름방학이지만 오봉*도 끝난 평일이어서, 그래서인가 싶을 만큼 사람은 많지 않았다. 하지만 해수욕장에는 수많은 사람들이 헤엄치고 있었다. 그 모습을 보고 있으니 나도 땀을 흘린 몸으로 그 안에 뛰어들고 싶어

---

\* 양력 8월 15일에 지내는 일본의 추석과 같은 명절.

졌다.

꾹 참고 걸으니 모래사장 위에 돛단배 형태를 한 복합 놀이기구가 보였다. 사람이 안에 들어갈 수 있는 곳으로, 작은 아이들의 놀이터가 되어 있었다.

"고요미, 저기 들어간 적 있어?"

"딱 한 번."

"안은 어떻게 돼 있어?"

"글쎄……. 어렸을 적이라 기억은 잘 안 나."

"그렇구나……. 들어가 보고 싶네……."

"들어가 볼래?"

"저렇게 어린 애들 틈에 어떻게 끼어들겠어."

그렇게 말하는 시오리의 눈을 보니 가능하면 들어가고 싶어 하는 마음이 훤히 들여다보였다. 하지만 이 나이를 먹고서 어린아이들을 밀어 헤치고 안으로 들어가기에는 꺼림칙하다……. 왠지 전에도 비슷한 일이 있었던 것 같았다.

다노우라 해변의 재미있는 점은 해변 한가운데에 바다 쪽을 향해 다리가 놓여 있고 그 끝에 다노우라 마일이라는 아담한 인공섬이 있다는 것이다. 다리를 건너서 섬을 빙 둘러싼 길을 걷다 보면 수영복 차림으로 잔디밭을 뒹구는 사람들이나 내 지식으로는 야자수라고밖에 말할 수 없는 나무가 눈에 들어와 마치 남국의 섬에 온 것 같은 기분을 맛볼 수 있었다. 바다 건너편에는 공업 지대의 흔적이 보이고 그 반대편에는 원숭이로 유명한 산이 바로 그곳에 우뚝 솟아 있어서…… 어쨌거나 여러모로 재미있는 곳이었다.

천천히 걷던 시오리가 걸음을 멈추고 바다로 시선을 돌렸다.

"예뻐……."

인공섬의 북쪽에서 바다를 정면으로 바라보면 시야가 마치 바다와 하늘 둘로 나눠진 것처럼 온통 새파랗게 물들어 보였다. 계속 보고 있으면 그대로 빨려 들 것 같은 기분이 들 정도로 파래서 만약 울타리가 없다면 무의식적으로 한 걸음 내딛어서 그대로 바다에 빠지는 사람이 나올지도 몰랐다.

"앉을래?"

섬 북쪽에는 벤치가 나란히 놓여 있었다. 때마침 야자수로 그늘진 벤치가 하나 비어 있어서 그곳에 앉자고 시오리에게 말했다.

"아니, 저기서 이야기하자."

시오리가 가리킨 끝에는 잔디밭 위에 세워진, 지붕 달린 휴게소가 있었다. 커다란 입구 위에 아담한 종이 걸린 예배당 같은 형태를 한 휴게소였다.

나는 일부러 그곳에는 가지 않고 있었다.

옛날에 아빠 엄마와 함께 이곳에 왔을 때 엄마가 여기서 결혼식 흉내를 낸 것을 또렷하게 기억하고 있었기 때문이다. 아직 두 사람이 이혼하기 전의 일이다. 재혼 건도 있어서 결혼을 연상시키는 그 장소에 가능하면 가까이 가고 싶지 않았다.

하지만 오늘은 시오리가 이곳에 오고 싶다고 말했다. 나와 마찬가지로 부모님에게 재혼 이야기를 들었을 터인 시오리가 말이다.

그렇다면 여기서 하고 싶은 말이 있지 않을까.

"응. 알겠어."

순순히 고개를 끄덕이고 시오리와 같이 그 가짜 예배당으로 들어섰다.

예배당을 닮았다고는 해도 그렇게 보이는 것은 남쪽에 난 입구뿐 다른 삼면은 벽조차 없었다. 그런데도 그곳에 설치되어 있는 목제 벤치에 앉자 왠지 교회에 있는 것 같은 기분이 조금 들었다.

곁에 잠자코 앉은 시오리는 아무 말도 하려 하지 않았다.

어쩌지, 나부터 이야기하는 편이 나으려나……. 그렇게

생각했을 때 시오리가 드디어 입을 자그맣게 열었다.

"들었어?"

"……들었어."

목적어는 말할 필요도 없었다.

"놀랐지?"

"그렇지. 연구소에서 분명 자주 함께 있는 걸 보긴 했지만, 일 때문이라고 생각했어."

"고요미네 아빠 부소장이니까."

"어, 그랬어?"

"몰랐어?"

"몰랐어……. 좀 높은 위치에 있구나 싶긴 했지만."

"그럼 대학 시절 동창이라는 것도 몰랐어?"

"아아, 그건 들은 적 있어. 같이 연구소를 만들었다던데."

"사귀었으려나?"

"대학 시절에는 이미 우리 엄마랑 사귀고 있었어."

"어, 그래?"

"응. 어젯밤에 엄마한테 들었어. 대학 시절에 알게 돼서 엄마가 먼저 고백했다고."

"그럼 고요미네 엄마랑 우리 엄마도 동창인가?"

"우리 엄마는 다른 대학교에 다니긴 했지만, 아빠 통해서 알고는 있었나 보더라고. 두 사람 다 머리가 엄청 좋아서 늘 둘이서 어려운 이야기를 하고 있었대."

"……고요미네 엄마는 재혼에 대해서 뭐라고 했어?"

"역시 그럴 것 같았다고 했어."

"그랬구나……."

그쯤에서 시오리는 입을 다물었다.

아빠와 엄마와 소장. 세 사람이 어떤 관계이고 어떤 마음을 가지고 있는지는 자세히 모른다. 묻지 않았고 앞으로도 물을 생각은 없다. 그건 우리가 개입할 일이 아니라고 생각한다.

문제는 우리에게 직접 영향을 끼칠 부분이다.

"우리 엄마가 고요미 엄마가 되는 거…… 고요미는 어떻게 생각해?"

"그건 딱히 싫지 않아. 조금 특이한 사람이라고는 생각하지만 재미있는 데다 여러 가지를 가르쳐주니까. 그리고 예쁘기도 하고."

"고맙다고 해야 하나."

"시오리는? 우리 아빠가 시오리네 아빠가 되는 건 어때?"

"나도 싫진 않아. 고요미랑 거의 같아. 조금 특이한 사람이라고는 생각하지만 재미있는 데다 여러 가지를 가르쳐주잖아."

"그렇게 생각하면 우리 아빠랑 시오리네 엄마는 닮은 것 같아."

"그렇지. 그러니 마음이 잘 맞는 걸지도 모르지."

거기까지 말하고 다시 침묵했다. 아니다. 이야기하고 싶은 건 그런 게 아니다.

너랑 내가 남매가 되는 거 어떻게 생각해? 묻고 싶은 말은 그거다. 시오리가 묻고 싶은 말도 틀림없이 같을 테다. 분명 서로 그런 질문을 받으면 어떻게 대답해야 좋을지 모르는 것이다.

그렇게 물으면 상대는 어떻게 대답할까.

대답을 알 수 없어서…… 두려웠다.

"나는 말이지."

한심하게도 먼저 용기를 낸 사람은 시오리였다.

남자로서 내가 먼저 말을 꺼내야 했을지도 모른다. 그런데 나는 아무 말도 하지 않고 그저 시오리가 말하기를 기다렸다.

"나는 그냥……."

시오리의 옆얼굴을 바라봤다. 거의 표정 없이 가느다랗게 뜬 눈을 바다로 돌리고 있었다.

그 뺨이.

까만 머리카락이 어루만지는 시오리의 뽀얀 뺨이.

"······언젠가 고요미랑 결혼할 거라고 생각했어."

그 말과 동시에 시오리의 뺨이 순간적으로 새빨갛게 물들었다.

그와 반대로 내 머리는 새하얘졌다.

시오리는 오므린 무릎 사이에 손을 끼운 채 몸을 둥글게 웅크리고 있었다. 상기된 뺨에 땀이 맺혀 있는 것은 더위 때문만은 아닐 터였다.

"하지만······ 남매가 되면 결혼 못 하잖아······."

지금까지 끌어안고 있던 깊은 불안감. 내가 시오리를 좋아하는 것처럼 시오리도 나를 좋아해주고 있을까. 그런 건 전부 다 내가 제멋대로 하는 망상이고 시오리는 나를 친구로밖에 생각하지 않는 게 아닐까. 부모님의 재혼으로 남매가 되는 것도 딱히 아무렇지 않게 생각하는 게 아닐까.

그랬던 모든 불안감이 지금 단숨에 날아가 버렸다.

"시오리!"

시오리의 어깨를 붙잡고 내 쪽으로 고개를 돌리게 했다.

"어······ 어?"

여전히 뺨을 붉게 물들이고 있던 시오리가 눈물이 살짝

글썽한 흔들리는 눈동자로 나를 바라보았다.

　나는 아무 생각 없이 머릿속에 떠오른 말을 시오리에게 그대로 했다.

　"둘이서 도망치자."

○

　한여름의 도피행, 그렇게 되지도 못했다.

　이튿날, 나와 시오리는 여세를 몰아 최소한의 짐만 챙겨서 집을 나와 두 번 다시 돌아가지 않을 생각으로 자전거를 몰았다.

　"어디로 갈까?"

　"글쎄…… 어디든 좋아. 고요미랑 함께라면 어디라도."

　만화 같은 그런 대화가 묘하게 즐겁고 기뻤다. 어쨌거나 낮에는 기분이 몹시 고조되어 아무 생각도 없이 그저 놀러 다녔다.

　제일 즐거웠던 것은 커다란 백화점의 인테리어 매장에 가서 만약 둘이서 새로운 집에 산다면 어떤 가구를 들일지 서로 이야기하던 때였다. 그때 나는 정말로 시오리와 둘이서 살 미래를 꿈꾸고 있었다. 분명 그건 어렴풋이 직감하고 있던 사랑의 도피의 결말에서 시선을 돌리기 위한 현실 도피였다.

해가 저무는 무렵부터 그날 밤을 어디서 보낼지 고민하기 시작했다. 안전성을 따져서 편의점과 경찰서가 가까운 공원을 찾아서 지붕이 있는 장소에 캠핑용 시트를 깔고 간이 숙소로 삼았다.

"안녕. 너희 잠시 이야기 좀 할 수 있을까?"

그런데 순경이 말을 걸어왔다.

"너희 이 근처에 사는 애들이니? 아빠 엄마랑 같이 있어?"

"아뇨……. 저기, 둘이서 놀러 왔어요."

"그렇구나. 이제 곧 어두워지니까 얼른 집에 가야지."

"네. 알겠습니다……. 시오리, 가자."

"아, 응."

우리는 시트를 접고서 짐을 들고 자전거를 타고 공원을 떠났다.

어두워지기 시작했는데 남녀 중학생 둘이 공원에 있으니 순경이 무조건 말을 걸었다. 그때마다 이제 돌아갈게요라며 자전거를 타고 우리는 점점 번화가에서 벗어났다.

최종적으로 우리가 그날 숙소로 선택한 것은 역에서 4킬로미터나 떨어진 곳에 있는, 방공호가 있던 자리였다. 이곳이라면 절대로 사람이 찾아오지 않을 테고 지붕도 벽도 있으니 일단 안심이다. 다른 의미로 조금 무서웠지만, 시오리와 함께라면 괜찮을 것 같았다.

괜찮지 않은 것은 좀 다른 부분이었다.

어두컴컴한 방공호 안, 캠핑용 시트 위에 둘이 나란히 앉아서 서로 한 장씩 가져온 얇은 담요를 덮었다. 방공호 안은 밖에 비해 서늘해서 딱 지내기 좋은 온도였다.

건전지식 랜턴을 가지고 왔지만 이건 사용할 수 없었다. 불을 켜면 벌레가 몰려오니 말이다. 그래서 나와 시오리는 정말로 어두컴컴한 가운데 손을 잡고 앞으로의 일을 이야기했다.

"……이거 불가능하겠어."

"응……. 불가능하겠네."

우리는 온전히 이성을 되찾은 상태였다.

"돈은 전부 가져왔지만, 인터넷 카페에서 묵으면 금방 바닥날 거야. 그렇다고 해서 계속해서 이런 식으로 지낼 순 없잖아……. 먹을거리도 사야 하고……. 솔직히 말해서 하룻밤도 힘든 것 같아."

"응……. 샤워도 하고 싶고 옷도 갈아입고 싶어……."

그런 간단한 사실을 나도 시오리도 몰랐던 건 아니다.

일부러 모른 척했을 뿐이다. 조금이라도 현실에서 벗어나고 싶어서.

"내일, 전철 타고 멀리 나가볼래? 그래서 숙식 제공하는 아르바이트를 찾는 거지."

"그것도 괜찮지만, 폐선(廢線)을 찾아보는 건 어떨까? 그래서 더 이상 사용하지 않는 전철이 있으면 거길 개조해서 집으로 삼는 거지."

"아, 그거 괜찮겠어! 만화 같아서……."

꿈에서 희망을 본 듯 웃는 얼굴은 단숨에 그늘졌다.

"……폐기된 전철로 만든 집이라든지, 중학생이 할 수 있는 숙식 제공 아르바이트라든지……. 현실적으로 무리겠지?"

"적어도 고등학생이라면 몰라도 말이지."

"2년 기다렸다가 고등학생이 되면 또 도망칠까?"

"그치만 그땐 이미 남매가 돼 있을걸? 그러면……."

남매가 되면 더 이상 이루어질 수가 없다.

그래서 도망친다면 지금밖에 없다.

하지만 중학생 둘이서 사랑의 도피라니 현실적으로 무리다.

"……엄마가 이혼 안 했으면 좋았을 텐데."

시오리가 오도카니 중얼거렸다.

"엄마가 이혼 안 했으면 고요미네 아빠랑 재혼하지 않을 거니까 나랑 고요미가 남매가 되는 일도 없을 텐데."

"그렇게 말한다면 이쪽도 마찬가지야. 우리 아빠가 이혼 안 했더라면 좋았을 거야."

말한다 해도 소용없는 그런 소리밖에 할 수 없었다. 더 이상 긍정적으로 생각할 수 없었다. 우리는 이대로 얌전히 집으로 돌아가서 부모님의 재혼을 기뻐하고 남매로 사이 좋게 살아가는 수밖에 없는 걸까.

"만약 우리 엄마가……."

무언가를 말하려다가 시오리가 갑자기 말을 멈추었다.

고막을 떨리게 하는 정적 속에 시오리의 숨결조차 섞이지 않은 것 같았다. 숨을 멈추고 있는 걸까? 갑자기 무슨 일이지?

설마 이런 곳까지 경찰이 찾아왔나? 아니면 들개라도 왔나? 어느 쪽이든 간에 보통 일은 아닌 것 같았다. 나는 잡고 있던 시오리의 손을 더욱 꽉 붙잡고 언제든지 일어날 수 있도록 자세를 바꾸며 작게 속삭였다.

"시오리, 왜 그래?"

"……있어."

시오리의 손이 내 손을 더욱 강하게 잡았다.

"있다니? 뭐가?"

"우리가 도망칠 장소."

갑자기 시오리가 한 말은 전혀 예상 밖이었다.

우리가 도망칠 장소? 나와 시오리가 남매가 되지 않고 남녀로 이루어질 수 있는 도피 장소가 어딘가에 있다는 소린가?

"도망칠 장소라니…… 어디에?"

어둠에 익숙해진 눈은 조금 전부터 시오리의 윤곽을 파악하고 있었다. 그 얼굴이 힘차게 다가와서 체온을 느낄 수 있을 만큼 육박해왔다. 어두워서 다행이었다. 만약 밝았더라면 평정심을 절대 유지하지 못했을 테다.

그리고 나는 시오리의 숨결과 더불어 그 말을 들었다.

"평행세계."

"……뭐?"

"평행세계 말이야. 고요미는 전에 유노가 죽지 않은 세계로 갔잖아? 그럼 분명 어딘가에 우리 부모님이 이혼하지 않은 세계도 있을 거야. 둘이서 같이 그 세계로 도망치면 그곳에서 우린 남매가 되지 않아도 돼!"

시오리의 그 말이 내 머릿속에 의미를 지니고 스며들었다.

시야가 확 트인다는 말이 이런 건가 싶었다.

"그거야…… 그거야, 시오리! 어째서 생각 못했지?"

"그치?! 고요미는 한 번 성공했으니까 분명 또 성공할 거야!"

우리 아빠와 시오리네 엄마가 재혼하지 않은 평행세계로 둘이 가서 그곳에서 평범한 남녀로 맺어진다. 더할 나위 없이 완벽한 해결 방법인 것 같았다.

"그래. 그럼 다시 연구실에 가야지. 그 기계 지금은 어떻게 됐을까?"

"엄마는 아직 완성 안 됐다고 했지만…… 그치만…… 4년쯤 전이잖아? 고요미가 그 기계로 평행세계로 갔던 거."

이미 그리운 느낌마저도 드는 이야기였다. 그건 나와 시오리의 기묘한 첫 만남이었다.

"응. 그때도 아직 완성도 안 된 데다 전원도 안 들어와 있었다고 말했어. 근데 나는 분명 유노가 살아 있는 평행세계로 갔어."

"어쩌면 엄마가 알아차리지 못했을 뿐이지 벌써 완성돼 있을지도 몰라……."

"어린애만 사용할 수 있는 걸지도 몰라. 만화 같은 데서 자주 등장하잖아, 그런 설정."

조금 전에 만화 같은 일은 현실에 있을 수 없다고 말했다는 사실을 이미 깨끗이 잊고 있었다.

"어…… 그럼 우린 아직 괜찮으려나?"

"아니, 그냥 말해본 것뿐이니까 진짜로 그럴지는 모르지……. 그래도 어른이냐 애냐 할 것 같으면 우린 아직 애잖아."

"응……. 그렇지. 어린애니까 이렇게 곤란해하는 거잖아."

그렇다. 우리가 어른이었다면 분명 이렇게는 되지 않았을 것이다. 부모님의 손을 놓고 둘이서 살아갈 수도 있을 테다.

"할 거라면 얼른 하는 편이 좋을 것 같아."

별 뜻 없이 한 내 말을 기다렸다는 듯 시오리가 고개를 들었다.

"……지금 갈래?"

"지금?"

"응. 연구소는 밤늦게까지 열려 있는 일도 꽤 많잖아. 지금…… 아직 8시니까 분명 열려 있을 거야. 밤에는 사람도 적으니까 몰래 들어갈 수 있는 찬스일지도 몰라."

시오리가 힘차게 말했다. 나는 왠지 모르게 4년 전에 있었던 시오리와의 만남이 떠올랐다. 그때도 시오리는 내 손을 억지로 끌어당겼다.

"그래……. 응, 그렇겠네! 좋았어, 가자!"

나와 시오리는 서둘러 돌아갈 채비를 마치고 연구소를 향해 자전거를 몰았다.

획기적으로 보이는 아이디어를 떠올렸다는 흥분으로 우리는 깊이 생각도 하지 않고 기세만으로 힘차게 달렸다. 그 생각이 타당하다는 보증 따윈 어디에도 없는데 말이다.

하지만 그럴 듯한 가설만을 되풀이해서 세운 끝에 간당간당 놓인 그 평행세계라는 이름의 도피처만이 지금의 우리에게는 희망이었다.

평행세계로.

나와 시오리가 행복해질 수 있는 세계로.

○

시오리의 예상대로 연구소에는 여전히 불이 켜져 있었다.

시오리는 익숙하게 뒷문을 열고 복잡한 건물 안을 헤매는 기색도 없이 능숙하게 걸어갔다. 나도 열심히 그 뒤를 쫓아갔다. 연구소 내의 방 배치에 관해서는 나보다도 시오리 쪽이 훨씬 훤했다.

연구소 내에는 인적이 거의 없었다. 남아 있는 연구원은 불과 몇 사람뿐일 터였다. 그 사실을 다행으로 여기며 나와 시오리는 몸을 숨기면서도 대담하게 나아갔고 이윽고 낯익은 문이 나왔다.

시오리가 문손잡이에 손을 대고 천천히 돌렸다. 철컥 하고 작은 소리가 났지만 손잡이는 끝까지 돌아가지 않고 멈춰버렸다.

"……문이 잠겨 있나 봐."

당연한 일이다. 4년 전에 몰래 숨어 들어왔을 때는 열려 있었지만 그 이후에는 문단속을 단단히 하게 되었을지도 모른다. 곤란하게 됐다. 이래서는 안에 들어갈 수 없지 않은가.

"괜찮아."

하지만 시오리는 그렇게 말하고 지갑에서 열쇠 하나를 꺼냈다.

"……그거 혹시."

"이 문의 비상 열쇠. 몰래 가지고 나와서 만들어뒀어."

시오리는 당당한 태도로 말하면서 잠긴 문을 열었다. 시오리는 기본적으로는 나쁜 짓을 하지 않는 조심스러운 성격이지만, 자신이 흥미가 있는 것에 대해서는 대담하게 나올 때가 있었다. 이번에는 그런 성향이 좋은 결과를 가져온 셈이다.

방 안에 들어가서 문을 잠갔다. 들키지 않도록 불도 켜지 않고 휴대전화 불빛으로 발밑을 비추며 나아갔다.

그리고 목표로 했던 상자에 도달했다.

"……오랜만이네."

4년 전, 이 상자에 들어가서 평행세계로 갔던 이후 처음이었다. 설마 다시 이 상자에 들어가게 될 줄은 생각지도 못했다.

"역시 전원은 안 들어와 있는 것 같은데 괜찮을까?"

"그런데도 고요미는 4년 전에 갔잖아? 우선 들어가 보자."

"응."

유리 뚜껑을 열었다. 상자 안은 폭이 좁아서 기본적으로는 1인용으로 보였다.

"누가 먼저 들어갈 거야?"

"어, 같이 들어가는 거 아니었어? 각자 다른 평행세계로 가면 소용없잖아."

내가 잠시 생각하고서 굳이 하지 않았던 말을 시오리는 시원스럽게 했다. 괜찮을까? 이렇게 좁은 상자 속에 둘이?

"근데 이거 1인용이잖아."

"저기 말이지, 이렇게…… 이렇게 하면 두 사람도 들어 갈 수 있어."

먼저 상자 속에 들어간 시오리는 왼쪽 어깨를 아래로, 오른쪽 어깨를 위로 하는 형태로 상자 오른편에 누웠다. 확실히 나도 마찬가지로 이런 식으로 왼편에 누우면 두 사람이 들어갈 수 있다.

그런데…… 정말 괜찮을까? 괜찮은 거겠지?

"자아, 들어갈게."

약간 흑심이 들면서도 시오리의 몸에 닿지 않도록 되도록 왼쪽 가장자리에 몸을 밀착시키며 상자 속에 들어갔다. 그러나 이렇게 좁아서는 딱히 의미가 없었다. 결국 나와 시오리는 거의 밀착된 상태로 서로 마주하게 되었다.

"……저기."

상자 속을 비추고 있던 휴대전화 불빛으로 시오리의 얼굴이 빨개져 있는 것을 알 수 있었다.

"왜, 왜 그래……. 네가 들어오라고 했잖아."

나는 책임을 전가하듯이 말했다. 아마 내 얼굴도 빨개져 있을 것이다. 하지만 시오리가 이어서 한 말에 내 얼굴에는 피가 더욱 솟구치게 되었다.

"으, 응. 그런데, 저기…… 반대쪽을 보고 들어오지 않을까 싶었거든.”

⋯⋯그렇구나. 이런 경우, 보통은 마주 보는 형태로 들어오지 않는구나.

“미, 미안! 다시 나갈게!”

“앗.”

다급히 몸을 일으켜 상자에서 나가려고 하는 내 팔을 시오리가 붙잡았다.

“이대로도 괜찮아.”

“아, 그치만.”

“괜찮다니까.”

“⋯⋯응.”

시오리가 말한 대로 상자 속으로 다시 돌아와 밀착될 정도의 거리에서 시오리와 서로 마주봤다.

시오리의 체온이나 머리카락의 향기, 숨결조차 살결에 닿을 이 거리에서는 조금 전부터 몹시 소란스러운 심장 소리마저 들릴 것 같았다.

“어⋯⋯ 어쩔래?”

목소리가 높아지고 말았다. 한심했다.

“저기⋯⋯ 고요미가 전에 평행세계로 갔을 때는 어떻게 했어?”

"네가 말한 대로 마음속으로 빌었어. 유노가 살아 있는 세계로 가고 싶다고."

맨 처음에는 절반쯤 장난삼아서 빌었지만, 중간부터는 점점 진심으로 바뀌어갔다. 물론 정말로 그것이 평행세계로 갈 수 있었던 이유인지는 알 수 없지만.

"그럼 우리도 그렇게 하자. 부모님이 이혼하지 않은 평행세계로 가고 싶다고 같이 기도하자."

"그것만으로 되려나? 그땐 네가 밖에서 기계를 딸깍딸깍 만지고 있었잖아. 대충 건드렸다고 했지만 우연히 뭔가 정답인 스위치를 눌렀을지도 몰라."

"하지만 그때도 엄마가 전원은 안 들어와 있었다고 말했어. 그럼 바깥의 기계는 관계없어."

"그런가…… 응, 그럴지도 모르겠네."

그럴 듯한 추측만 믿고 나와 시오리는 도망칠 장소를 찾고 있었다.

"그럼 뚜껑 닫을게."

"응."

뚜껑을 닫자 시오리의 존재감이 한층 더 뚜렷해진 것 같았다.

우리는 눈을 감고 기도하기 시작했다.

평행세계로.

우리 부모님과 시오리네 부모님이 이혼하지 않은 세계로.

나와 시오리가 남매가 되지 않아도 되는 세계로.

두 사람의 미래를 손에 넣을 수 있는 평행세계로.

갑자기 시오리가 내 등에 손을 두르고 몸을 가까이 가져왔다.

깜짝 놀랐지만 나도 시오리의 등에 손을 두르고 그 가느다란 몸을 끌어안았다.

"고요미……."

불안한 듯한 시오리의 목소리에 나는 최대한 강한 어조로 대답했다.

"괜찮아. 우린 평행세계로 갈 수 있어."

"응. 건너편 세계에서 만나자. 그래서 나를 신부로 삼아줘."

"응. 약속할게. 건너편 세계에서 결혼하자."

서로의 팔에 힘을 꼬옥 실었다.

○

형광등 불빛에 눈이 따끔따끔했다.

조금 전까지만 해도 어두컴컴한 상자 속이었는데 지금

은 밝은 장소에 있었다. 눈이 아릴 정도의 빛의 양에 눈을 한 번 감았다가 천천히 뜨고 이곳이 어디인지를 확인했다.

……틀림없다. 내 방이다. 하지만 유심히 살펴보니 구입한 기억이 없는 만화가 책장에 꽂혀 있어서 아무래도 어딘가의 평행세계로는 이동한 것 같았다.

우선은 성공이다. 그렇다면 다음으로 확인해야 하는 것은 이 세계의 아빠가 이혼했는지 하지 않았는지다.

이 방은 원래 아빠 엄마와 셋이서 살던 집에 있던 내 방이다. 이혼하고 나서는 아빠와 둘이서 살기 시작했기 때문에 만약 이 집 어딘가에 엄마가 있다면 이혼하지 않은 세계인 게 틀림없다.

시계를 보았다. 밤 9시를 조금 넘은 상태였다. 엄마가 있으면 아직 깨어 있을 시간이다.

심호흡을 두세 번 하고 나는 방문을 살며시 열었다.

거실 쪽에서 텔레비전 소리가 작게 들렸다. 아빠가 돌아왔을까. 아니면.

어째서인지 발소리를 죽이면서 거실로 살며시 다가가 문손잡이에 손을 댔다.

소리를 내지 않도록 손잡이를 천천히 돌려서 문을 조금씩 열었다.

그곳에 소파에 앉아서 편안한 자세로 텔레비전을 보고 있는 사람은.

　　"엄마!"

　　"앗, 깜짝이야! 뭐야 소리도 안 내고! 사람 놀라게 하지 마!"

　　펄쩍 뛰어오르듯이 뒤를 돌아본 사람은 틀림없었다.

　　본래 내가 있던 세계였다면 이미 이곳에 있을 리가 없는 엄마였다.

　　"엄마, 저기…… 왜 여기에 있어?"

　　"어? 왜냐니, 텔레비전 보고 있으면 안 돼?"

　　"아, 아니 그게 아니라……. 그건 상관없는데…… 저기, 아빠는?"

　　"아빠는 아직 연구소에 있어. 오늘도 늦지 않을까?"

　　당연한 듯이 나누는 대화. 당연한 듯이 그곳에 있는 엄마.

　　분명 틀림없다. 이 세계는 분명.

　　"저기 엄마. 이상한 거 물어도 돼?"

　　"이상한 거라니? 뭔데?"

　　"저기…… 아빠랑 이혼 안 했지?"

　　아, 나는 멍청하다. 좀 더 그럴싸한 질문 방식이 있지 않았을까. 엄마는 입을 쩍 벌린 채 무슨 소리를 하는가 하는 표정을 짓고 있었다. 당연하다. 만약 이혼하지 않았다면 이런 질문은 의미를 이해하기 어려울 수밖에 없다.

하지만 엄마는 어째서인지 갑자기 자상한 표정을 지었다.

"그때는 미안. 하지만 이제 괜찮아. 엄마랑 아빠 이혼 안할 거니까."

야호. 해냈다! 이 세계는 아빠 엄마가 이혼하지 않은 세계다! 엄마가 하는 말에서 추측하건대 한 번은 이혼을 생각했을지도 모른다. 하지만 이 세계에서는 뭔가 일이 잘 풀려서 결국 이혼은 하지 않았다!

이혼하지 않았다는 것은 아빠가 재혼을 하지 않는다는 것이다. 그러니 나와 시오리도—.

"……맞다. 시오리."

생각났다. 시오리도 이 세계에 무사히 도착했을까?

휴대전화를 확인했지만, 그곳에 시오리의 연락처는 없었다. 혹시 이 세계에서는 시오리와 서로 모르는 사이인가? 하지만 그것도 오늘까지다. 나와 함께 시오리도 이 세계에 왔다면 나와 시오리는…… 아 뭐, 지금 당장 결혼할 수 있는 건 아니지만.

아 어쩌지, 지금 당장 시오리를 만나고 싶다. 시오리는 지금 어디에 있을까? 아차, 평행세계로 무사히 오게 됐을 경우 만날 장소를 정해둘 걸 그랬다. 왠지 같은 장소로 나올 것 같은 느낌이 들었지만, 그러고 보니 평행세계로 이동했을 때는 그 세계의 자신과 뒤바뀌게 되는 것이었다.

하지만 그렇다고 한다면 조금 전까지 우리가 있었던 연구소에 가면 되지 않을까? 시오리도 같은 생각을 하고 연구소에 올지도 모른다. 만약 오지 않는다고 해도 아빠에게 부탁해서 소장을 통해 시오리에게 연락하면 된다.

좋아, 연구소로 가자. 아빠를 데리러 간다고 하면 되겠지.

"고요미, 왜 그러니?"

엄마가 조금 걱정스러운 얼굴로 나를 보고 있었다. 그렇구나, 엄마의 시선에서 보면 상당히 의미를 알 수 없는 말과 행동을 하고 있을지도 모른다. 하지만 미안, 엄마. 나 지금 그런 데 신경을 쓸 겨를이 없어.

"저기 엄마, 나 아빠 데리러 갔다 올게!"

"뭐? 잠깐 고요미, 대체 무슨 일이야?"

당황하는 엄마를 무시하고 현관으로 향했다. 정말 미안, 지금은 한시라도 빨리 시오리를 만나고 싶어. 돌아오면 제대로 설명할게.

신발장에서 아마도 내 것인 듯한 신발을 꺼내서 신었다. 사이즈도 딱 맞았고 신발을 구겨 신는 습관도 나랑 같았다.

이곳에는 틀림없이 내가 있었다. 하지만 오늘부터 이곳은 내 세계다.

그리고 나는, 나와 시오리의 미래로 이어질 문을 밀어젖혔고—

○

—어느 순간 암흑 속에 있었다.

"······어?"

갑자기 어둠 속에 내팽개쳐진 채 안구에 검은 막을 뒤집어쓴 듯한 압력을 느꼈다. 물론 그것은 기분 탓이었고 시간이 흐르자 눈이 어둠에 점점 익숙해져서 상황을 파악할 수 있었다.

나는 비좁은 상자 속에 누워 있었다. 팔은 무언가 부드러운 것을 끌어안고 있었고 따뜻한 체온과 바로 조금 전에 맡은 머리카락 향기를 느꼈다.

시오리다. 어느새 나는 암흑 속에서 시오리와 서로 끌어안고 있었다.

설마 원래의 세계로 돌아온 건가?

말도 안 돼. 어째서? 일이 기껏 잘 풀리고 있었는데!

시오리도 돌아온 걸까? 그것보다 시오리는 평행세계로 무사히 건너갔을까?

"시오리, 일이 어떻게 된 건지 알겠어?"

품속의 시오리에게 물었다. 하지만 대답은 돌아오지 않았다.

"시오리? 무슨 일 있어?"

다시 말을 걸었다. 대답이 없었다. 단지 품속으로 체온과 무게가 느껴질 뿐이었다. 잠들었나? 아니면 평행세계로 가 있는 걸까? 아니, 그렇다면 평행세계의 시오리가 대신해서 이곳에 와 있을 테다.

"시오리, 일어나! 시오리?"

왼손으로 시오리의 뺨을 꼬집었다. 반응이 없었다.

그때 나는 그 사실을 알아차렸다.

이 좁은 공간에서 밀착하고 있으면 많은 요소로 시오리의 존재를 느낄 수 있다.

따스한 체온, 달콤한 향기…… 그리고 숨결.

"……시오리?"

입술이 닿을 만큼 가까이에 있는데.

시오리의 숨결이 느껴지지 않았다.

"시오리? 시오리?!"

시오리의 입가에 손을 대고 손바닥에 의식을 집중했다. 하지만 역시 시오리의 호흡을 느낄 수 없었다. 숨이 멎은 거야? 어째서?!

"시오리! 제길, 이런 좁은 곳에선⋯⋯!"

나는 상자 뚜껑을 밀어젖히려고 했다. 하지만 아무리 밀어도 열리지 않았다. 잊고 있었다. 이 상자 뚜껑은 안에서는 열리지 않는다. 어쩌지? 소리를 질러서 도움을 요청할까? 그러면 숨어 들어온 게 들켜서⋯⋯ 아니, 지금은 그런 걸 신경 쓸 때가 아니다!

"누구! 누구 없어요? 도와주세요!"

나는 소리를 힘껏 지르는 동시에 뚜껑을 쾅쾅 두드렸다. 연구소에는 아직 누군가가 있을 테다. 누군가가 알아차릴 수 있도록 세차게 두드렸다.

한동안 계속 소란을 떨고 있자 갑자기 방 안에 불이 켜졌다. 누군가가 알아차리고 와준 것이다! 나는 소리를 더욱 질렀다.

"여기예요! 열어주세요!"

"고요미?! 너 뭐 하고 있는 거야?"

뚜껑 건너편에 보이는 얼굴은 행운인지 불행인지 아빠였다.

"아, 우리 애도 있네. 정말이지 너희들은……."

옆에서 소장도 얼굴을 내밀었다. 가능하다면 이 두 사람에게는 들키고 싶지 않았지만 지금은 그런 소리를 할 때가 아니었다.

바깥에서 뚜껑을 열어주자 나는 서둘러 안에서 나왔다.

"마음대로 들어가지 말라고 했지? 이 기계는."

"시오리가! 시오리가 숨을 안 쉬어요!"

소장의 말을 가로막고 그 소리만 외쳤다.

내 말을 들은 소장과 아빠는 얼굴을 마주 보고 아무것도 묻지 않은 채 상자 속에서 시오리를 끌어냈다. 평소라면 우선은 질문 세례를 받았을 테지만, 그럴 상황이 아닐 만큼 시오리의 상태가 이상하다는 사실을 두 사람도 바로 알아차린 것 같았다.

몇 초간 시오리의 모습을 살펴보던 소장은 자신의 휴대전화로 어딘가에 연락을 취했다.

"나야. 사정이 있는 응급환자가 발생했어. 연구소까지 서둘러 구급차 한 대 부탁할게."

짤막하게 그 말만 하고 전화를 끊더니 소장은 시오리에게 인공호흡을 했다. 그에 맞춰서 아빠가 심장 마사지를 시작했다.

나는 대체 무슨 일이 일어났는지 이해할 수 없었다.

아빠와 소장이 시오리의 생명을 이 세상에 붙들어 놓으려고 하고 있다는 사실도 잘 모르고서 그 모습을 단지 멍하니 바라보고 있었다.

○

서둘러 도착한 차로 시오리는 제일 가까운 대학병원에 옮겨졌고 소장은 물론 나와 아빠도 따라갔다. 의사가 시오리를 검사하는 동안 당연하게도 아빠와 소장이 나에게 자세한 사정을 물었다.

"고요미, 무슨 일이 있었던 거야. 설명해봐."

화가 난 기색도 없이 아빠는 어디까지나 침착하게 물었다. 소장은 적어도 표면상으로는 여느 때와 다를 바 없어 보였다.

"……평행세계로 도망치려고 했어."

"도망치다니? 왜?"

"아빠랑 소장님이 재혼하니까."

솔직히 털어놓자 아빠와 소장은 얼굴을 마주 보고 눈을 동그랗게 떴다.

"혹시 재혼을 반대한 거야? 너, 소장이 엄마가 되는 거 싫지 않다고 했잖아."

"싫지 않아. 소장님이 싫은 게 아니라…… 시오리가 동생이 되는 게 싫었어."

"왜? 너랑 시오리는 사이가 참 좋다고 생각했는데."

"그래서야."

아빠도 소장도 내가 무슨 말을 하고 싶어 하는지 잘 모르는 것 같았다. 나는 하기 힘든 말을 하는 수밖에 없었다.

"남매가 되면 나랑 시오리는 결혼 못하잖아."

거기까지 말하자 아빠는 드디어 이해한 것 같았다.

"너희 역시 서로 좋아했니? 지난번에 물어봤을 때 부정하길래 철썩같이……."

내가 아빠를 때렸을 때의 일을 말하는 걸 테다. 만약 그때 솔직히 그렇다고 말했더라면 뭔가 달라졌을까.

"……우리는 안 되겠어, 히다카. 그렇지 않다고 하면 그렇지 않다고밖에 생각 못하잖아. 애들 진심도 알아차리지 못하다니…… 역시 우린 안 되겠어."

소장은 같은 말을 두 번 반복하면서 고개를 살짝 내저었다. 어째서인지 내가 조금 나쁜 짓을 저지른 것 같은 기분이 들었다.

"하지만 고요미, 넌 한 가지 착각하고 있어. 남매가 되더라도 결혼은 할 수 있어."

"……뭐어?"

"부모끼리 재혼하더라도 그 애들끼리 피가 섞여 있지 않으면 결혼할 수 있어. 물론 너랑 시오리는 피가 섞여 있지 않아. 그러니 나랑 소장이 재혼해도 도망칠 필요는 없었어."

……그게 뭐야.

몰랐다. 남매는 절대 결혼할 수 없다고 굳게 믿고 있었다. 만약 그 사실을 처음부터 알았더라면 일이 이렇게는 되지 않았을 테다.

"그럼…… 우리가 한 행동은……."

"……몰랐던 건 어쩔 수 없어. 너희 마음을 헤아려주지 못했던 우리한테도 책임은 있고……. 그러니 고요미, 전부 이야기해. 무슨 일이 있었니?"

나는 더 이상 아무것도 숨길 마음이 들지 않았다. 애들끼리 판단하면 일이 잘 풀릴 리가 없다는 사실을 가슴이 쓰릴 만큼 뼈저리게 깨달았다. 그렇다면 전부 솔직히 이야기해서 어른들에게 도움을 받는 편이 분명 좋을 것이다.

"……나랑 시오리가 남매가 되지 않으려면 아빠랑 엄마가 이혼하지 않았으면 되는 거잖아. 아빠 엄마가 처음부터 이혼하지 않았으면 재혼할 일도 없으니까 그런 평행세계로 가려고 했어. 그래서 둘이서 같이 상자에 들어가 평행세계로 갔어."

아빠와 소장이 얼굴을 다시 마주 보았다. 이번에는 인상을 찌푸리고서 말이다.

"가다니 어떻게? 그 상자는 완성되지도 않았고 전원도 안 들어와 있어."

"그건 잘 몰라. 하지만 나랑 시오리는 아빠 엄마가 이혼하지 않은 세계로 가고 싶다고 기도했어. 그랬더니 진짜로 갔어."

"기도했더니 갔다고? 평행세계로 말이니?"

"응. 나는 예전에도 한 번 그렇게 해서 평행세계로 건너간 적이 있어."

"……몇 년쯤 전에 시오리가 상자에 들어갔을 때?"

"정확하게는 그것보다 조금 전이지만…… 어쨌거나 그때랑 같은 행동을 했더니 적어도 나는 또 건너갔어. 아빠랑 엄마가 이혼하지 않은 평행세계로 가서 시오리도 같은 세계 어딘가에 와 있을 테니 찾으려고 하는데…… 갑자기 이쪽 세계로 돌아왔어. 그리고 옆을 봤더니…… 시오리가 숨을 안 쉬고 있었어……."

"시오리가 어쩌다 그렇게 된 건지는……."

"몰라……. 정말 몰라……."

전부 솔직히 말했다. 내가 아는 건 여기까지였다.

내가 평행세계에서 무엇을 하고 나한테 무슨 일이 벌어졌는지는 알지만, 시오리가 평행세계에서 무엇을 했고 시오리에게 무슨 일이 일어났는지는 전혀 알 수 없었다.

아빠도 소장도 나를 혼내지 않았다. 나는 그게 오히려 괴로웠다. 화를 내고 때리고, 그리고 어떻게 하면 좋을지 가르쳐주기를 바랐다.

다음 날 시오리는 후쿠오카의 규슈대학병원으로 이송되었다. 그곳이라면 소장의 이름이 여러모로 통하는 모양이었다. 소장은 연구소를 아빠에게 맡기고 후쿠오카로 갔다. 한동안 시오리 곁에 붙어서 상태를 살펴본다고 했다. 나도 가고 싶다고 했지만, 안 된다는 소리를 들었다. 경과는 반드시 알려줄 테니 지금은 집에서 얌전히 있으라고 했다. 물론 거역할 수 있을 리가 없었다.

약속대로 소장은 경과를 바로 알려주었다.

그날 밤 아빠를 통해 나에게 전달된 시오리의 상태는 뇌사였다.

나는 그때 뇌사라는 상태에 관해 타당한 지식이 전혀 없었다. 다만 뇌가 죽었다는 그 말에서 절망감을 충분히 느낄 수 있었다.

뇌사 상태에 빠진 사람은 기본적으로 두 번 다시 눈을 뜰 수 없다고 들었다.

그날 나의 세계는 색을 잃었다.

내 세계에서 너무나도 갑자기 시오리라는 선명한 색을 잃었다.

○

나는 빈껍데기처럼 하루하루를 보냈다.

아무 생각도 하고 싶지 않았다. 무슨 생각을 해야 좋을지 알 수 없었다. 하지만 집에서 혼자 멍하니 있기도 괴로워서 밖을 어슬렁어슬렁 나다녔다.

특별히 목적지가 있는 건 아니었다. 다만 가만히 있고 싶지 않았다.

정처 없이 역 쪽으로 걷던 중에 내 발은 자연스럽게 여름방학 동안 시오리와 가려고 생각해놓고 아직 가지 못한 장소로 방향을 바꿨다.

그곳으로 가는 도중에는 커다란 교차로가 있다.

역에서 북쪽으로 뻗은 중앙 거리는 10분 정도 걸어간 곳에서 동서쪽으로 뻗은 쇼와 거리와 교차한다. 그곳이 이 동네에서 제일 큰 교차로, 쇼와 거리 교차로였다. 사거리 남서쪽에는 아담한 나무가 심겨 있고 그곳에 '레오타드 소녀'라는 이름을 가진 동상이 있었다.

나는 횡단보도에서 신호가 파란색으로 바뀌기를 기다리고 있었다.

그러다 문득 생각했다.

파란색으로 바뀌기를 기다리지 않아도 될지 모른다.

신호가 빨간색일 동안 눈앞을 달려가는 차를 향해 발을 내딛으면 되지 않을까?

그러면 시오리가 있는 곳으로 갈 수 있지 않을까?

시오리의 심장은 뛰고 있는 모양이었다. 정확하게 말하면 의학의 힘으로 뛰고 있다고 한다. 그래서 아직 죽었다고는 단언할 수 없었다.

하지만 눈을 뜰 가능성은 거의 0퍼센트라고 들었다.

그렇다면 그건 이미 죽은 거나 마찬가지지 않을까?

즉 이 세계에는 이미 시오리가 없다는 것이다.

시오리가 그렇게 된 것은 나한테도 책임이 있다.

빨간색 신호인 횡단보도로 한 걸음 내딛어보았다.

자동차 경적이 크게 울려서 무심코 발걸음을 돌렸다.

글렀다. 이런 상황에서도 나는 죽을 용기조차 없었다.

잠시 기다리자 눈앞을 가로지르던 차가 끊어졌다. 쇼와 거리 쪽 신호가 빨간색이 되었다.

신호는 한쪽이 빨간색이 되었다고 해서 다른 한쪽이 바로 파란색이 되는 게 아니다. 사고 방지를 위해서 교차로에는 반드시 모든 신호가 빨간색이 되는 시간이 존재한다.

교차로 내에 아무도 없는 그 짧은 시간.

아무도 없는 횡단보도 위로 공간이 뒤틀린 것 같은 느낌이 들었다

아니, 기분 탓이 아니었다. 아무도 없는 횡단보도 위에 무언가, 누군가가 있었다.

그리고 나는 확실히 보았다.

공중에 붕 떠오르듯이 나타난 것은 흰색 원피스를 입고 까만 긴 머리를 한, 나와 나이가 비슷해 보이는 소녀.

내가 잘 아는 여자아이.

"……시오리……?"

내가 부르자 반투명한 소녀는 숙이고 있던 고개를 들었다.

— 고요미.

머릿속에 직접 울려 퍼지는 듯한, 하지만 나에게 너무나

익숙한 목소리로 '미안……. 나, 유령이 돼버렸어……'라고
말했다.

## 막간

나는 교차로에 서 있었다.

암흑에 익숙해져 있던 눈에 갑자기 거리의 불빛이 뛰어들어와 눈이 따끔따끔했다.

서로 숨을 내쉬는 소리가 들릴 만큼 정적 속에 있었는데, 느닷없이 차 엔진 소리와 혼잡한 소리가 고막을 울려서 귀가 아팠다.

무심코 몸을 움츠리고서 귀를 막고 몇 초간 있었다. 고개를 천천히 들었다.

나는 교차로에 있었다.

커다란 교차로였다. 잘 아는 곳이었다. 이 동네에서 제일 큰 쇼와 거리 교차로.

내가 왜 이런 곳에 있는 걸까? 다른 곳에서 다른 걸 하고 있지 않았던가? 좀 더 어둡고 좁은 곳에서……?

상황을 받아들이지 못하고 새삼스럽게 주변을 둘러보았다.

두세 사람이 횡단보도를 달려서 거의 다 건너가던 참이었다.

더 앞쪽으로 시선을 보내자 두 사람이 멈춰 서서 이쪽을 돌아보았다. 나란히 바짝 달라붙어 있는 두 사람 중 한 명은 우리 엄마였다.

그리고 다른 한 사람은.

"아빠!"

나는 무심코 소리를 지르고 말았다.

심하게 다투고 이혼한 이후 한 번도 만나지 않았던 아빠와 엄마가 사이좋게 나란히 내 쪽을 돌아보고 있었다. 그건 있을 수 없는 일이었다. 내 세계에서는.

나는 떠올렸다.

그런 일이 있을 수 있는 평행세계로 건너가려고 했다는 사실을.

성공했다.

정말로 부모님이 이혼하지 않은 세계로 건너온 것이다!

부모님과 나는 횡단보도를 사이에 두고 마주 보고 있었다. 어째서 이렇게 거리가 벌어졌을까? 같이 걷고 있었던 게 아닐까? 아아 그렇구나, 평행세계로 건너왔을 때 너무 갑작스럽게 세상이 뒤바뀐 데 동요해서 잠시 이곳에 멍하니 서 있었던 것이다. 나와 같이 걸어가고 있던 아빠와 엄마는 그 사실을 알아차리지 못하고 먼저 횡단보도를 건너가서는 지금 막 알아차리고 돌아본 것이다.

엄마가 걱정스러운 시선으로 나를 보고 있었다. 그 옆에서 아빠가 같은 얼굴을 하고 있다는 사실이 무척이나 기뻤다. 이 세계에서는 정말로 아빠와 엄마가 이혼하지 않았다.

다시 말해 이 세계에서라면 나와 고요미가 결혼할 수 있다는 것이다.

기뻐서 얼른 쫓아가려고 횡단보도 위를 달려갔다.

아빠와 엄마가 표정을 바꾸고 이쪽으로 손을 흔들었다.

내 귀는 아직 소리를 잘 받아들이지 못했다. 받아들인 소리를 뇌가 잘 인식하지 못하고 있었다.

내 눈은 여전히 거리의 불빛에 익숙하지 않았다. 부모가 나란히 서 있는 모습에 넋을 놓고 있었다.

횡단보도의 빨간색 신호나 귀청을 찢는 경적 소리를 알아차렸을 때는 이미 한발 늦은 뒤였다.

차가 엄청난 스피드로 달려오고 있었다.

그 사실을 인식한 것은 1초도 되지 않는 시간이었다. 그 아주 짧은 순간에 나는 자신이 어떻게 될지를 생각했다.

이대로라면 차에 치일 거야! 죽는 건가? 도망쳐야 해! 하지만 이미 늦었어! 어쩌지? 어쩌면 좋지?

그때 뇌리에 고요미의 얼굴이 떠올랐다.

그래!

평행세계! 평행세계로 도망치면 된다! 차에 치이기 전에 평행세계로 도망치면 되는 거야!

부탁이야, 건너가 줘. 건너가 달라고!

○

눈을 떴을 때 나는 교차로에 서 있었다.

살았구나 하고 안심하는 것도 잠시, 차가 다시 달려왔다.

아아, 이번에야말로 다 틀렸다.

나는 그 자리에 웅크려 앉아 고개를 끌어안고 눈을 질끈 감았다.

하지만 아무리 기다려도 충격이 덮쳐오지 않았다. 그런데 차 소리만큼은 내가 있는 장소를 차례차례 지나갔다. 대체 어떻게 된 일이지?

조심스럽게 눈을 떴다.

그러자 다시 눈앞에 차 범퍼가 있었다. 다시 웅크리고 앉아서 눈을 감았다. 하지만 역시 충격은 찾아오지 않았다.

그렇게 잠시 눈을 감고 있으니 이윽고 차 소리가 나지 않았고 익숙한 멜로디가 들려왔다. 횡단보도 신호가 파란색으로 바뀌었을 때 나는 소리였다.

이번에는 혼잡한 소리가 옆을 지나갔다. 나는 일어나서 눈을 천천히 떴다.

파란색 신호로 바뀐 횡단보도 위를 사람들이 걸어갔다.

차는 빨간색 신호에 걸려 멈춰 있었다. 몸은 아프지도 아무렇지도 않았다.

상황을 제대로 파악할 수 없었다. 혹시 달려오던 차가 전부 다 나를 용케도 피해간 걸까? 설마?

그런 생각을 하고 있는데 바로 정면에서 사람 무리가 걸어왔다. 무의식적으로 피하기 위해 발을 움직이려고 했다.

그런데 다리가 지면을 밟는 감각이 없었다.

위화감을 느낀 다음 순간, 걸어오는 한 사람과 바로 정면으로 부딪칠 뻔했다.

상대는 내 몸을 통과해서 아무 일도 없었다는 듯 계속

걸어갔다.

"……어?"

멍하니 서 있는 나에게 차례차례 사람들이 부딪쳐 왔다. 아니 정확하게 말하자면 부딪치는 사람은 한 명도 없었다.

횡단보도를 건너는 사람들은 나와 포개어지고 나를 통과해서 건너편으로 걸어갔다.

마치 나란 사람이 이 자리에 존재하지 않는 것처럼.

두려워져서 내 손을 봤다.

"어……."

내 손은, 아니 손뿐만이 아니었다.

손도 다리도 몸도.

내 몸은 거의 투명해져 있었고 사람도 소리도 빛도 통과시키고 있었다.


그리하여 나는 교차로의 유령이 되었다.

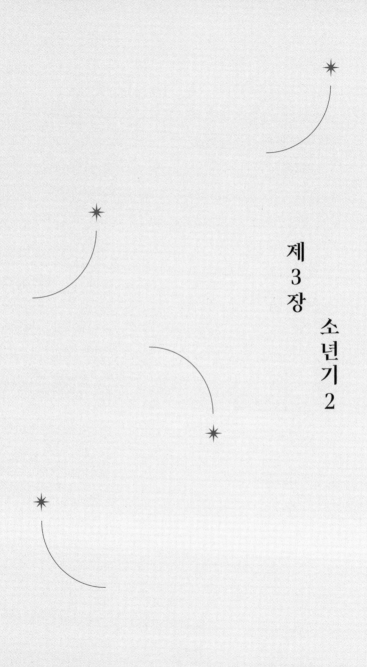

제
3
장

소
년
기
2

✳

"허질소자핵분열증."

화이트보드에 쓴 글자를 소리 내 읽고 소장은 주먹으로 보드를 탕탕 두드렸다.

"딸아이의 상태를 우선 그렇게 이름 붙이기로 했어."

소장이 하는 말을 한마디도 흘려듣지 않도록 나는 의식을 집중했다.

이날 나는 아빠가 말한 대로 연구소로 가서 후쿠오카에서 돌아온 소장과 셋이서 아침부터 미팅룸에 틀어박혀 있었다.

시오리가 뇌사 상태에 빠진 지 한 달이 지났다.

소장은 연구소와 대학병원을 왔다 갔다 했고 때로는 아

빠도 그에 동행했다. 나도 이따금 그 두 곳에 불려가서 두 번이나 원거리 패러렐 시프트를 경험한 샘플로서 많은 검사를 받았다.

다만 시오리와의 면회는 한 번도 허락받지 못했다.

시오리의 상태는 아빠를 통해서 보고받았다. 하지만 늘 여전했다. 변화 없음. 그뿐이었다. 그 사실을 납득할 수 없었던 나는 인터넷으로 뇌사 상태에 대해서 조사해보았다. 그리고 그것이 나를 절망하게 만들었다.

뇌가 살아 있고 자발적 호흡을 하고 회복할 가능성도 있는 식물인간 상태와 달리 뇌사는 뇌가 완전히 죽어서 자발적 호흡도 불가능하고 회복할 가능성은 거의 0퍼센트였다. 대부분은 일주일 이내에 죽는다고 한다.

어쩌면 시오리는 이미 진즉에 죽어버린 게 아닐까?

소장과 아빠는 그 사실을 나한테 숨기고 있을 뿐이지 않을까?

나는 난데없이 갑자기 소리를 지르고 싶었다. 때로는 실제로 소리를 지르기도 했다. 식욕도 없었고 터무니없이 공격적이었다가도 한없이 침울해져서 시오리를 따라 자살할까 싶은 생각이 들기도 했다. 하지만 자살하기도 귀찮아져서 이대로 숨이 멈춰버리면 좋겠다고 생각할 때도 있었다.

그랬기에 나는 여름방학이 끝나도 학교에 가지 않았다. 집과 연구소와 대학병원을 오가는 나날을 보냈다. 다행인 건 여러 사람이 나에게 자상하게 대해줘서 간신히 제정신을 유지할 수 있었다는 점일까.

그렇게 절반은 폐인 같은 나날을 보내고 있던 나를 얼마 전에 소장이 중요한 이야기가 있다며 연구소로 오라고 불러냈다.

지금 나에게 중요한 이야기는 시오리에 대한 것밖에 없었다.

나는 필사적으로 이성의 끈을 다잡고 오늘 이렇게 소장의 이야기를 듣고 있다.

"고요미한테 먼저 말해둘게. 시오리의 몸은 우선 심장은 아직 뛰고 있어. 지금은 인공호흡기를 달아서 심정지를 막고 있는 상태야."

소장은 조금 특이하지만 친근감이 가는 평소의 말투가 아니라 마치 선생님처럼 딱딱한 말투를 쓰고 있었다. 진지한 이야기를 할 때는 늘 이랬다.

"시오리는 살아 있어요?"

"그건 어려운 질문이야. 척수는 살아 있기 때문에 척수 반사는 아직 있고, 체액 분비나 체온 변화 등의 생리 현상도 있어. 하지만 뇌 기능은 전부 죽어서 수의 운동이나 오감, 사고나 지능, 기억이나 감정은 잃었어. 한 번 죽은 뇌 기능은 기본적으로 두 번 다시 살아나지 않아. 이 상태를 살아 있는지 죽었는지 따지는 건 이미 개개인의 생사관에 따른다고 할 수 있지."

그건, 즉 몸은 살아 있지만 마음은 죽었다는 뜻일까.

"하지만…… 뇌사에 빠진 사람 대부분이 일주일 이내에 심장이 멈춘다고 하던데요."

"뇌사에 대해 공부했니? 확실히 대부분은 그래. 하지만 일주일 이상 생명 활동이 이어지는 경우도 많아. 어느 논문에서는 과거 30년간의 문헌에서 장기 생존한 예가 세 자리 수까지 확인됐다는데, 그중 일곱 명이 반년 이상 생존했다고 해. 인공호흡기를 달고 퇴원한 예도 있는데 그중 최장 생존 기간은 14년 반이야. 논문 집필 중에는 아직 생존하고 있었던 모양이야."

"그럼 시오리도 우선은 아직 괜찮다는 건가요?"

"내가 지명한 신뢰할 수 있는 스태프가 최첨단 설비로 생명을 유지시켜주고 있어. 그렇게 쉽게 죽게 하지 않아."

소장의 말에 나는 우선 가슴을 쓸어내렸다. 하지만 안심해도 좋은 상태는 아니었다.

"하던 이야기로 돌아갈게. 지금의 시오리처럼 뇌 기능 전부가 죽은 상태를 일반적으론 전뇌사라고 하는데, 나는 지금 시오리의 상태에 다른 이름을 붙이기로 했어."

"그게 허질소자핵분열증인가요?"

"그래. 뇌사라는 건 보통 교통사고나 질병으로 뇌가 회복 불가능한 손상을 입어서 빠지게 되는 상태야. 하지만 이번에 면밀히 조사한 결과, 시오리의 뇌에는 아무 손상도 발견되지 않았어. 단지 기능이 정지되었을 뿐이야."

뇌에 손상이 없다는 건 수긍할 수 있는 이야기였다. 이 세계의 시오리는 교통사고를 당하지 않았다. 단지 상자 속에 누워 있었을 뿐이니 말이다.

"그럼 어째서 시오리의 뇌 기능은 정지한 걸까. 나는 그게 패러렐 시프트, 평행세계 간의 이동이 영향을 끼친 게 아닐까 해."

드디어 본론이었다. 분명, 아니 틀림없이 나에게도 책임이 있는 이야기였다.

"넌 과거에 두 번 아인즈바하의 요람을 사용해서 패러렐 시프트했잖니. 그중 한 번은 언급할 필요도 없이 지난달에 시오리랑 같이 시프트했을 때고."

"아인즈바하……?"

"신경 쓸 거 없어. 내가 좋아하는 옛날 소설에 등장하는 용어야."

그러고 보니 아빠에게 소장은 옛날 만화나 애니메이션, 게임이나 소설을 좋아한다고 들은 적이 있다. 허질과학이나 평행세계에 대한 사고방식도 그러한 작품에서 큰 영향을 받았다고 했다.

"그 장치는 적어도 내가 인식하기에는 아직 완성되지 않았어. 네가 건너간 두 번 다 전원조차 들어와 있지 않았을 거야. 그런데 어째서 넌 시프트에 성공한 걸까?"

나한테 물어도 알 리가 없었다. 대답하지 않는 것으로 이어지는 말을 재촉했다.

"패러렐 시프트라는 건 기본적으로는 자연스럽게 일어나는 현상이야. 가까운 세계라면 알아차리지 못하는 사이에 시프트해서 모르는 사이에 돌아와 있는 일도 흔하지. 그때 발생하는 세계 간의 미묘한 차이가 착각이나 혼동의 원인이 되고 있어."

거기까지는 나도 알고 있고, 세간의 일반인들도 알고 있는 사실이었다.

"하지만 세계가 멀어질수록 시프트는 자연스럽게 일어나기 힘들어. 네가 경험한 첫 번째 장거리 시프트는 할아버지가 돌아가신 세계. 두 번째는 너희 아빠와 엄마가 이혼하지 않은 세계야. 둘 다 나름대로 먼 세계일 거야. 그런데 넌 시프트에 성공했어. 게다가 가고 싶다고 생각한 평행세계로 말이지. 임의의 패러렐 시프트는 내가 목표로 삼고 있는 것이긴 한데……."

그런 이야기를 듣자 왠지 나 자신이 정체를 알 수 없는 존재처럼 느껴졌다. 최근 한 달 동안 실컷 받았던 영문을 알 수 없는 검사는 그 사실을 조사하기 위한 것이었을까.

"이건 아직 가설이지만 패러렐 시프트가 일어나기 쉬운 사람이 있는 것 같아."

그게 나라는 말인가?

"고요미는 애초에 패러렐 시프트가 어째서 일어나는지 아니?"

"아뇨……. 몰라요."

"그렇구나. 너희 아빠도 이왕 가르쳐줄 거라면 거기까지 가르쳐줬으면 좋았을 텐데."

쭉 가만히 이야기를 듣고 있던 아빠에게 소장이 비난의 화살을 돌렸다.

"슬슬 가르쳐줄까 싶었는데 연구소에 오질 않게 됐으니까……. 아니, 그것도 내 탓인가."

그것이라는 건 소장과 아빠가 나와 시오리의 관계를 물어보았던 일인 듯했다.

"음…… 그건 나한테도 책임이 있긴 하지. 히다카, 글렀나 봐. 우린 아무래도 공부만 너무 열심히 해서 남의 마음을 이해하지 못하는 것 같아."

"그런 것 같군……. 미안하다, 고요미."

사과를 받아도 곤란했다. 시오리가 이런 상태에 빠지게 된 직접적인 원인은 분명 나한테 있으니 말이다.

"허질과학의 개념을 이해하기 쉽게 설명하기 위해서 나는 '아인즈바하의 바다와 거품' 모델을 고안했어. 알고 있을 거라 생각하지만 허질과학을 바다에 비유한 설명이야. 허질 공간을 바다라고 한다면 그 해저에서 생성된 하나의 거품을 원시 세계로 치는 거야. 그런 다음 수직 방향으로 시간 축을 잡는 거지. 그리고 아이즈바하의 바다에서 커지거나 분열하면서 위로 떠오르는 거품을 우리가 사는 무한의 평행세계로 가정했어."

그건 아마도 내가 아빠한테서 처음 배운 허질과학의 개념인 것 같았다. 그래서 이 부분은 쉽게 이해할 수 있었다.

"고차원적인 시점이 되겠지만 이 거품에는 거시적인 거품과 미시적인 거품이 있어. 간단히 말하면 거시적 거품은 하나하나의 세계고 미시적 거품은 그 안을 살아가는 우리 인간을 말해. 그 거품은 애초에 같은 거품에서 분열한 쌍둥이 거품이고, 거품끼리는 분자 간 인력 같은 힘이 작용하고 있는데 거시적인 거품의 움직임으로 발생한 관성력이 더해져서 거품에서 이탈하는 일이 발생해. 이탈한 거품은 그 기세로 근처에 있던 쌍둥이 거품과 뒤바뀌는데, 가까우면 바로 원래대로 돌아오지만 어쩌다 먼 거품과 뒤바뀌면 원래대로 돌아오는 데 시간이 걸리지.”

이건 요컨대 패러렐 시프트를 바다와 거품에 비유했을 뿐이었다.

“그리고 이건 아직 완전히 가설이지만⋯⋯ 쌍둥이끼리 결속력이 강하고 거시적인 거품에서 넘쳐흐르기 쉬운 미시적인 거품이 있는 게 아닐까. 허질 밀도가 높다고 해야 할까, 변화하려고 하는 의사가 강한 거품. 그 거품이 평행 세계로 이동하기를 강하게 염원하면 허질이 그 의사에 응해 패러렐 시프트를 일으키는 거지.”

“⋯⋯그게 저란 말인가요?”

“가설일 뿐이지만.”

가설이 타당하다면 어쩌면 내가 협력하면 그 상자, 아인즈바하의 요람은 완성에 가까워지지 않을까.

"저기, 질문이 하나 있어요."

"뭐니?"

"허질은 물질을 구성하는 거죠?"

"그래."

"반대로 말하면 모든 물질은 허질로 구성되어 있다는 거네요."

"그렇게 되지."

"그렇다는 말은 예를 들어 연필이라든지 노트라든지 돌멩이라든지…… 그런 사물도 패러렐 시프트하는 건가요?"

"응. 맞는 말이야. 다만 그런 사물은 시프트해도 어떤 세계에든 영향을 주지 않아. 시프트하는 건 허질뿐이고 물질은 교환되지 않으니까. 요컨대 인간으로 말하자면 바뀌는 건 의식뿐이고 몸은 바뀌지 않는다는 거야. 그리고 사물에는 의식이 없으니 결국 아무것도 달라지지 않는 거나 마찬가지지. 정확하게 말하자면 영향을 끼칠 가능성이 지극히 낮고, 끼친다고 해도 아주 경미한 영향밖에 주지 않아."

"그렇군요……"

예를 들어 지금 내가 앉아 있는 이 의자도 지금 이 순간에 평행세계의 의자와 바뀔지도 모른다는 건가. 분명 그렇다 해도 뭔가 바뀌는 건 아니다.

"알겠지? 그럼 본론으로 들어가자."

소장이 화이트보드를 다시 탕 두드렸다. 그렇다, 이건 아직 본론을 위한 서론이었다.

"이 미시적인 거품이 거시적인 거품 사이를 이동하는 도중에 터지면 어떻게 될까?"

거시적인 거품은 평행세계. 미시적인 거품은 인간. 인간인 거품이 평행세계를 이동하는 사이에 터지게 된다면.

"……죽나요?"

"아니. 터진 거품을 물질로 구성하는 허질이 물질과 해리되는 거지."

이번에는 비유가 필요 없었다. 왜냐하면 그 실제 예가 이미 가까운 곳에 존재하기 때문이다. 지금까지 들은 이야기야말로 그 실례를 이해하기 쉽게 설명하기 위한 장대한 비유였다.

"그게 허질소자핵분열증인가요?"

"그래. 시오리와 널 검사한 결과, 네 이야기, 그리고 네가 교차로에서 만난 시오리의 유령으로부터 들었던 이야기를 종합해서 생각해본 결과, 나는 그렇게 결론 내렸어."

내가 교차로에서 시오리의 유령을 만나 들은 이야기는 이미 두 사람에게 말했다. 시오리는 평행세계에서 차에 치일 뻔한 순간 다른 평행세계로 도망치려 했고, 다음 순간에는 이미 유령이 되어 있었다.

"너랑 같이 요람에 들어간 시오리는 네 허질에 견인된 형태로 같이 패러렐 시프트했어. 하지만 그곳에서 교통사고를 당한 바로 그 순간, 교통사고를 당하지 않은 세계로 시프트하려고 했지."

도망칠 수 있다고 생각했겠지. 바로 도망쳐온 참이니까 말이다.

"그 결과, 시오리의 허질이 거시적인 거품을 뛰쳐나와 아인즈바하의 바다에 잠수한 것과 동시에 미시적인 거품이 파열된 거지. 평행세계의 시오리는 아마도 그때 즉사했을 거야. 패러렐 시프트는 원칙적으로 평행세계의 자신과 교체되면서 이루어져. 그 상대가 원래의 세계로 돌아갈 수 없어서 시오리도 마찬가지로 돌아오지 못하게 된 거지. 그리고 시오리의 허질은 아인즈바하의 바다에 머물게 되어 물질을 잃은 채 그 교차로의 유령이 되었고."

소장이 하는 말을 전부 이해할 수는 없었다.

하지만 역시 나한테 책임이 있다는 사실만큼은 알 수 있었다.

"구할 방법은 있나요?"

"……내 생각이 전부 타당하다면 아인즈바하의 바다를 떠도는 시오리의 허질을 관측해서 어떻게든 제어해 원래의 물질로 정착시키면 될 것 같아. 다만 허질은 아직 실제론 관측할 수 없어. 앞으로 허질과학이 진보하면 가능해질 테지만, 현실적으로는 그때까지 시오리의 몸이 버틸 수 있을 거라고는 생각하기 힘들어……."

진퇴양난이었다. 그런 건 이미 신이 아닌 이상 어쩔 도리가 없지 않은가. 어째서 일이 이렇게 돼버렸을까. 나도 시오리도 행복해지고 싶었을 뿐인데.

"……고요미 탓이 아니야."

소장이 어느새 여느 때와 같은 말투로 말했다. 내 표정이 상당히 절망적으로 물들어 있어서일까. 원래 소장은 나를 나무랄 입장이었다. 나 때문에 자신의 딸이 뇌사 상태에 빠졌고 유령이 되었으니까. 나를 매도하고 때려주기를 바랐다.

"……어떻게 그렇게 차분할 수 있어요?"

그런데도 나는 소장이 나를 위로하는 모습에 발끈하고 말았다.

"딸이 이 지경이 됐는데 어떻게 그렇게 냉정할 수 있어요?! 복잡한 소리만 해대고 결국엔 못 구한다는 거죠? 그럼 왜 내 탓으로 안 돌리는 거예요?! 엄마인 주제에 슬프지도 않아요?"

냉혹한 소리를 한다는 자각은 있었다. 하지만 멈출 수 없었다.

시오리에 대한 애처로움과 시오리를 구할 수 없다는 비참함, 자신의 한심함에 대한 분노와 차분한 어른들에 대한 짜증과…… 그리고 지금도 시오리를 교차로에 외톨이로 두고 있다는 데에 대한 초조함. 모든 것이 뒤죽박죽으로 뒤섞여서 엉망진창이 된 감정을 토해내지 않으면 정신이 나갈 것 같았다.

"당신들이 이혼만 안 했어도 됐잖아요. 그랬으면 나랑 시오리는 평범하게 이어졌을지도 모르는데!"

나 자신의 무지와 어리석음을 문제 삼지 않고 어른들을 비난했다. 아빠도 소장도 이혼에 관해서는 할 말이 없는지 그저 말없이 있었다. 냉정하게 생각해보면 그들이 이혼한 덕분에 시오리를 만났을지도 모르는데 그런 데까지는 생각이 미치지 않았다.

"……분명 우리 같은 사람들은 결혼 따윈 안 하는 게 나았을지도 몰라."

소장이 작은 목소리로 말했다. 아빠가 인상을 살짝 찌푸렸다.

"하지만 고요미, 이것만큼은 알아줘."

소장은 조금 전까지와 마찬가지로 차가운 시선으로 나를 응시했다.

"슬프지 않을 리가 없잖아. 바보야."

표정을 전혀 바꾸지 않은 채 그 눈에서 눈물 한 줄기를 떨어뜨렸다.

그 눈물이 내 머리를 단숨에 식혀주었다.

나는 왜 이렇게 철이 없을까. 당연하다. 슬프지 않을 리가 없잖은가.

나 때문에 딸을 잃은 어머니에게 나는 대체 무슨 자격으로 그렇게 심한 말을 퍼부어댄 걸까.

나는 터무니없는 짓을 저질렀다. 하지만 어떻게 책임져야 할지 알 수 없었다. 어떻게 해야 좋을까. 지금 내가 할 수 있는 일은 단 한 가지밖에 없었다.

"……죄송해요."

그렇게 말하고 고개를 숙이는 것밖에 나는 할 수 없다.

"괜찮아. 나도 바보라고 해서 미안해. 조금 전에도 말했듯이 고요미만의 책임은 아니야. 책임이라고 한다면 고요미가 오히려 제일 작을 정도야. 시오리의 자기 책임 쪽이 더 크지 않을까 싶어."

흰 옷소매로 눈물을 마구 닦아내고 소장은 여느 때와 전혀 다르지 않은 모습으로 그렇게 말해주었다. 그렇다고 해서 내가 죄를 용서받고 일상으로 돌아갈 수 있을 리 없었다.

시오리를 위해서 내가 할 수 있는 일이 있다면 그건.

"소장님, 시오리가 요람이 있는 방의 비상 열쇠를 가지고 있었어요."

"알고 있어. 어차피 시오리가 만들어둔 그걸로 몰래 들어간 거지? 그럼 고요미의 책임은 더 작아지겠네."

"그 열쇠, 저한테 주세요."

소장의 눈이 날카롭게 가늘어졌다.

"뭐 때문에?"

"제가 언제든지 요람을 사용할 수 있도록요. 제가 평행세계에서 찾을게요. 시오리를 구할 수 있는 방법을요. 저라면 간단히 패러렐 시프트할 수 있는 거죠?"

그렇다. 요람이 미완성이더라도 나라면 평행세계로 건너갈 수 있지 않을까? 그렇다면 내가 평행세계로 여러 번 시프트해서 시오리가 살아 있는 세계를 찾아내 그 방법을 조사해서 이 세계로 가져오면 된다.

"가능할지도 모르지만, 더 이상 안 하는 편이 나아. 어떤 위험이 도사리고 있을지 모르니까. 게다가 시오리처럼 허질소자핵분열증에 걸릴 위험도 있어.”

“상관없어요. 시오리를 위해서 뭔가 하고 싶어요.”

“상관없을 리가 없잖니. 방금 전에도 말했잖아. 부모가 안 슬플 리 없다고. 너도 조금 전에 사과한 참이잖아. 그렇게 되면 히다카가…… 너희 아빠가 슬퍼해.”

소장에게 그 말을 듣고 나는 아빠에게 시선을 돌렸다.

아빠는 잠자코 있었다. 내가 소장과 아빠에게 폭언을 쏟아낼 때에도 계속 가만히 있었다.

솔직히 나는 아빠가 무슨 생각을 하는지 여전히 알 수 없었다. 하지만 그렇다 해도 오랫동안 함께 살아왔다.

게다가 나와 아빠는.

나는 아빠의 눈을 똑바로 바라보았다. 마음을, 의사를 담아서.

아빠 또한 나를 똑바로 쳐다보았다.

그리고 말도 없이 서로 고개를 끄덕였다.

“소장. 비상 열쇠, 고요미한테 줄 수 없겠어?”

“……히다카, 무슨 소리야?”

“어쩔 수 없잖아. 고요미가 좋아하는 여자를 위해서 무언가를 하고 싶다는데.”

아빠는 평소답지 않게 나를 향해 엄지를 세워 보였다. 기뻐서 나도 엄지를 세워 답했다. 그렇다, 나와 아빠는 같은 마음이다. 분명 이해해줄 거라고 생각했다.

"너무하네. 남자들끼리 통한다 이거지? 그렇게 나오면 나도 어쩔 수 없잖아⋯⋯."

나와 아빠가 소통하는 모습을 보고 있던 소장은 어처구니가 없다는 듯 한숨을 쉬었다.

그리고 쓴웃음을 지었다.

"알겠어. 줄게."

"감사합니다!"

"다만 조건이 있어. 요람을 사용할 때는 반드시 나나 아빠한테 보고해야 해. 그래서 우리가 참석한 상태에서 모든 걸 모니터하고 기록하는 거지."

"네! ⋯⋯저기, 근데 그래서는 비상 열쇠를 받는 의미가 없지 않을까요?"

"됐으니까 가지고 가. 자, 받아."

"네?"

소장은 주머니에서 무언가를 꺼내 나한테 내밀었다. 그건 열쇠였다.

"이거, 그 열쇠예요? 어째서 들고 계세요?"

"시오리 소지품을 정리하다가 발견했어. 일단 지금은 회사 밖엔 비밀로 하고 있는 설비니까 우리들 비상 열쇠로 사용할까 했는데…… 네가 가지고 있어."

"……네."

생각해보면 처음 만났던 그때부터 평행세계로 가고 싶어 했던 쪽은 시오리였다. 부모님이 이혼하지 않은 평행세계로 가고 싶지만 자신이 직접 요람을 사용하는 건 두려워서 나를 실험 대상으로 삼았다. 그렇게 생각하면 정말이지 터무니없는 만남이었다.

시오리의 얼굴을, 목소리를 떠올리며 나는 열쇠를 꼭 쥐었다.

이건 분명 나와 시오리의 행복으로 이어지는 문을 열어줄 열쇠다. 그렇게 믿었다.

○

다음 날부터 나는 낮에는 등교하고 밤에는 연구소에서 실험하는 생활을 보냈다.

등교를 하기로 결정한 것은 무지가 때로 모든 것을 파괴하는 죄가 된다는 사실을 깨달았기 때문이다. 진심으로 허질과학의 길을 걸어가기로 결심했다. 그러면 분명 시오리를 구하는 데 힘이 될 수 있을 터였다. 옛날부터 연구소에 드나들었던 덕분에 공부 요령이 몸에 배어 있었는지 내 성적은 쭉쭉 올라갔다.

소장과 아빠의 감시하에 진행된 첫 시프트 실험은 중학교 2학년 겨울에 실시되었다.

전원이 들어온 요람에 들어가서 평행세계로 건너가기를 염원했다. 우선은 가까운 세계로 가기 위해 바로 옆 세계로 건너가기를 마음속으로 빌었다.

몇 초 후 눈을 떴다. 나는 변함없이 요람 속에 있었다. 유리 뚜껑 건너편에는 아빠와 소장이 이쪽을 들여다보고 있었다.

건너편에서 뚜껑을 열어주자 몸을 일으켰다.

"성공했어?"

소장이 질문했지만 나는 대답할 수 없었다. 왜냐하면 정말로 모든 것이 몇 초 전과 똑같았기 때문이다. 바로 옆 세계는 아침 식사 메뉴가 다른 정도의 차이밖에 없었다. 이래서는 어떻게 자신이 평행세계로 건너왔는지 확인할 수 있겠는가.

그 문제를 재확인한 소장은 자신이 어느 평행세계에 있

는지를 측정하기 위한 IP 단말기 개발을 서두르기로 결정한 모양이었다.

다만 시프트가 성공했다고 하더라도 나한테는 그다지 의미가 없었다.

세계의 차이가 거의 없다는 것은 결국 이 세계에서도 시오리는 유령이 되어 있다는 뜻이다.

너무 가까운 세계로 시프트해서는 무의미하다. 그 사실을 알게 된 것이 최초의 실험에서 얻은 유일한 성과였다.

○

실험은 처음에는 2, 3개월에 한 번 정도의 빈도로 진행되었다. 소장이나 아빠가 그 이상은 허락해주지 않았다. 그것보다도 주로 다양한 수치를 재거나 영문을 알 수 없는 테스트를 받곤 했다. 허질과학의 발전에 공헌할 수 있다고 하니 거절할 이유도 없었다.

두 번째 시프트 실험은 그로부터 3개월 후에 실시되었다. 이번에는 5 정도 떨어진 평행세계로 건너가 보았다.

그러나 역시 변화가 거의 없었다. 입고 있던 옷이 달라서 평행세계라는 사실은 인식할 수 있었지만, 시오리는 그곳에서도 유령인 채였다.

나는 일단 그 세계의 시오리와 대화해보기로 했다.

교차로로 향하자 내 세계에서처럼 웃는 얼굴로 시오리가 서 있었다.

― 아, 고요미…… 안녕?

이 시오리는 내가 아는 시오리와 동일인물일까?

"시오리, 사실 나, 평행세계에서 왔어."

― 아…… 그래?

"네가 봤을 때 나랑 이 세계의 나, 뭔가 달라?"

― 글쎄…… 잘 모르겠어. 똑같아 보여…….

시오리가 그렇게 분명히 말하자 나는 충격을 받았다. 평행세계의 자신이라고는 하지만 역시 그건 다른 사람이고 나는 단 한 사람이라고 생각하고 싶었다.

하지만 나도 남의 말을 할 처지가 아니었다.

내 세계의 시오리와 평행세계의 시오리를 구분할 수 없었으니 말이다.

꺼림칙한 기분을 품은 채 원래의 세계로 돌아가 시오리를 만났다.

"시오리, 왔어."

― 아…… 고요미. 고마워. 나 기뻐…….

횡단보도 위에서 거의 투명한 시오리가 처량하게 웃었다.

시오리가 있는 곳은 앞으로 두세 걸음이면 횡단보도를 다 건널 수 있는 위치였다. 나는 늘 보도 쪽에 아슬아슬하게 서서 시오리와 이야기했다. 시오리는 이 위치에서 사고를 당했다. 아주 조금, 앞으로 불과 두세 걸음을 내딛을 시간이 있었더라면 시오리는 살았을 텐데.

"어제 오랜만에 패러렐 시프트를 했어."

— 그랬어? 어땠어?

"미안. 시오리를 구할 방법은 또 못 찾았어. 하지만 꼭 찾아낼 거야. 그래서 널 구할게."

— 응……. 고마워.

이렇게 이야기하고 있으니 마치 시오리가 평범하게 그곳에 있는 것 같았다. 하지만 신호가 바뀌면 차가 달려와서 시오리의 몸을 통과해 지나간다.

다시 신호가 바뀌고 횡단보도를 건너는 사람이 사라지기를 기다렸다가 재차 말을 걸었다.

"시오리는 별다른 점 없었어?"

— 저기…… 어제부터 말이야, 레오타드 소녀 상 근처에 비둘기 두 마리가 늘 찾아와. 혹시 연인 사이일까?

시오리는 그렇게 아무렇지도 않게 행동했지만 24시간

내내 같은 장소에서 움직이지 못하다니 얼마나 괴로울까. 얼마나 외로울까.

솔직히 교차로에 눌러 살고 싶을 지경이었다. 안녕 하고 손을 흔들 때 시오리가 외롭게 웃는 얼굴을 보고 있으면 가슴이 늘 찢어지는 것 같았다.

나는 가능한 한 매일 교차로에 가서 사람들의 이목이 없는 때를 가늠했다가 시오리에게 말을 걸었다. 하지만 거의 매일 가면 완전히 남의 눈을 피하는 게 무리인 데다 시오리의 유령은 불가사의하게도 나한테만 보이는 것 같았다. 아빠와 소장에게도, 보행자에게도 보이지 않는 모양이었다. 그런 이유로 나는 동네 사람들에게는 가까이하지 않는 편이 좋은 수상한 인간 취급을 받는 것 같았지만, 시오리를 위해서라면 아무래도 상관없었다.

시오리의 말에 따르면 가끔 시오리의 존재를 알아차리고 놀라는 사람도 있는 것 같았다. 영감이 있는가 없는가에 해당하는 이야기인 모양이었다. 어쩌면 내가 패러렐 시프트를 하기 쉬운 원인으로 꼽힌, 높은 허질 밀도가 이유일지도 몰랐다.

어쨌거나 나는 시오리의 유령과 이야기를 나누며 공부와 실험을 번갈아 하는 나날을 보냈다.

◯

　세 번째 시프트 실험은 중학교 3학년이 된 지 얼마 지나지 않은 5월에 실시되었다.

　가까운 세계로 건너가는 건 의미가 없다. 그런 생각을 강하게 가지고 있던 나는 과감하게 50 정도 먼 세계로 건너가기를 염원했다.

　시프트한 곳은 완전히 모르는 방이었다.

　가까운 세계에서는 내 세계와 같은 실험을 하고 있기 때문에 평행세계의 나도 같은 타이밍에 시프트하며, 시프트한 장소는 필연적으로 같은 상자 안이었다.

　하지만 이번에는 처음으로 상자가 아닌 장소로 시프트했다. 이것은 이 세계의 나는 시프트 실험을 하지 않는다는 사실을 뜻했다. 그렇다는 말은 시프트 실험을 할 필요가 없다는, 즉 시오리가 유령이 되지 않았다는 게 아닐까.

　하지만 우선은 여기가 어디인지를 확인해야 했다. 휴대 전화를 꺼내니 시각은 밤 1시였다. 사고 방지를 위해서 시프트 실험은 심야에 실시되고 있었다. 만약을 위해서 전화번호부를 확인해봤지만, 시오리의 이름은 없었다.

조심스럽게 방에서 나가자 주변이 어두컴컴했다. 늦은 시간이라서 당연할지도 몰랐다. 휴대전화 불빛으로 발밑을 비추면서 모르는 방 안을 탐색했다.

거실에 도달해서 뭔가 단서가 없는지 손에 닿는 대로 찾고 있는데 갑자기 방 안의 불이 켜졌다.

놀라서 돌아보자 그곳에 서 있는 사람은 아빠와…… 이혼했을 터인 엄마였다.

"고요미니? 이 시간에 뭐 하니?"

아빠는 오른손에 내가 수학여행을 갔다가 선물로 사 온 목검을 들고 있었다. 혹시 나를 도둑이라고 생각한 건가. 곰곰이 생각해보니 이런 시간에 불도 켜지 않고 집을 뒤지고 있으면 그렇게 오해하는 게 당연했다.

아빠의 왼팔에는 겁에 질린 모습의 엄마가 매달려 있었다. 그 모습이 자연스러운 걸 보니 아무래도 이 세계에서 두 사람은 이혼하지 않은 것 같았다.

"고요미? 무슨 일이니?"

대답하지 않는 나를 걱정스럽게 생각했는지 엄마가 아빠의 팔을 놓고 가까이 다가왔다. 하지만 나는 그럴 경황이 아니었다.

이렇게나 먼 세계라면 시오리가 무사할지도 모른다. 시

오리를 만나고 싶다. 나는 그 생각밖에 나지 않았다. 하지만 휴대전화 전화번호부에 이름이 없다는 건 이 세계의 나와 시오리는 아는 사이가 아니라는 뜻이다.

"아빠! 소장님네 딸, 소개해줄 수 있어?"

갑작스러운 부탁에 아빠는 눈을 크게 뜨고 당황했다.

"갑자기 무슨 소리야?"

"연구소 소장님한테 나랑 나이가 같은 딸이 있잖아? 그 애를 만나고 싶어!"

"분명 있긴 한데…… 사정을 설명해봐."

아빠한테라면 사정을 설명해도 좋을지 몰랐다. 하지만 이때의 나에게는 복잡한 사정을 상세히 설명할 여유가 없었다.

그래서 머릿속에 순간적으로 떠오른 거짓말을 그대로 엄마 아빠에게 했다.

"요전번에 연구소에서 우연히 보고서는 첫눈에 반했어."

아빠의 표정이 굳어졌다.

그와 대조적으로 엄마는 순식간에 미소 지었다.

"어머나, 고요미도 벌써 그럴 나이긴 하지. 혹시 그 애 주소가 알고 싶어서 찾고 있었어?"

"어? 아, 응. 맞아. 이런 시간에 미안."

"괜찮아. 하지만 마음대로 주소를 찾아서 쳐들어가면 곤란하지. 여보, 정식으로 소개해주는 게 어때?"

"응? 아, 그래. 그건 딱히 상관없긴 해."

엄마 덕분에 나는 다음 날 휴일, 이 세계의 시오리를 만날 수 있게 되었다.

하지만 연구소 대합실에서 만난 시오리는.

"저기…… 처음 뵙겠습니다. 사토 시오리입니다……"

그런 어색한, 경계심마저 느껴지는 목소리로 나에게 첫 대면 인사를 했다.

아니다. 그런 생각이 들었다. 평행세계의 인물은 결국 다른 사람이었다.

이 아이는 내가 좋아하는 시오리가 아니다. 나와 아무 관계도 없는 시오리가 무사한 세계를 발견하더라도 시오리를 구한 거라곤 할 수 없다.

나의, 나만의 시오리를 구하기 위해서는 나와 만난 시오리가 유령이 되지 않은 세계를 찾아야만 의미가 있다.

○

평행세계의 아빠에게 사정을 설명해서 간신히 상자를
사용해 원래 세계로 돌아왔다. 아빠와 소장은 제멋대로 먼
평행세계로 건너간 일로 나를 혼냈고, 그러면서도 무사히
돌아와서 다행이라며 안심했다.

하지만 나는 불안해서 견딜 수 없었다.

나는 정말로 원래의 세계로 돌아온 걸까? 이곳은 내가
원래 있던 세계가 맞을까?

그런 확증이 어디에도 없지 않은가. 이곳이 바로 옆 세
계가 아니라고 어떻게 말할 수 있을까. 그뿐만이 아니다.
아빠도 소장도 어딘가의 평행세계에서 시프트해 온 다른
사람이 아닐까?

나는 한동안 정서 불안 상태에 빠졌고 실험도 일시적으
로 중단되었다.

그럼에도 시오리만큼은 만나러 갔다. 소장의 이야기에
따르면 시오리의 허질은 유령이 될 때 공간에 고정되었기
때문에 패러렐 시프트를 할 수는 없는 모양이었다. 또한 애
초에 인간은 하루에 한 번조차 시프트하지 않는 것이 일반

적이라서 기본적으로는 원래 세계에 있다고 생각하면 된다는 이야기도 들었다. 그래서 나는 교차로에서 시오리와 이야기할 때만큼은 안심할 수 있었다.

그런 내 상태를 보고 다급한 상황임을 인식했던 소장은 자신이 지금 어느 평행세계에 있는지를 측정할 수 있는 IP 단말기 개발을 최우선으로 했다.

그 결과 내가 중학교를 졸업하기 전에 IP 단말기의 샘플이 완성되었고 나는 최초의 모니터가 되었다. 0의 세계를 등록하고 IP 차이를 수치화해서 자신이 원래 세계에서 얼마나 떨어진 평행세계에 있는지를 알 수 있는 장치였다. 그 장치를 장착함으로써 나는 평정심을 되찾을 수 있었고 그전보다 더 자주 시프트 실험에 임했다.

나는 그로부터 열 번 이상 상자를 사용해서 패러렐 시프트했다. 건너간 세계는 전부 비교적 가까운 세계였기 때문에 어떤 세계에서든 나는 이혼한 아빠를 따라갔다가 연구소에서 시오리를 만난 걸로 되어 있었다.

그리고 그 모든 세계에서 시오리는 유령이 되어 있었다.

예를 들어 쌍둥이 거품으로 비유되던 미시적 거품은 실제론 두 개만 존재하는 것이 아니다. 같은 거품에서 분열한 거품들은 모두 쌍둥이로 간주된다. 요컨대 이곳에서 가까운 많은 평행세계에서 시오리는 같은 사고를 당해 유령이 된 것 같았다.

아직 고작 열 번 정도다. 평행세계는 무한하게 존재한다. 그중 분명 시오리가 살아 있는 세계가 있다…… . 그렇게 자신을 타이르면서도 나는 생각하지 않을 수 없었다.

어쩌면 이건 이른바 운명이라는 게 아닐까.

나와 시오리가 만나면 아무리 발버둥질해도 결국 이렇게 되는 운명인 것일까?

○

나는 열일곱 살이 되었다.

시오리의 몸은 규슈대학병원을 퇴원한 후 허질과학연구소에 새로 만들어진 공간에서 인공호흡기를 사용해 생명을 유지하고 있었다. 소장은 연구소의 한 공간을 거주 공간으로 개조해서 24시간 시오리와 함께 생활했다.

나는 시오리를 구할 방법을 찾아서 패러렐 시프트를 계속했다. 하지만 여전히 방법은 찾을 수 없었다.

한편 나는 죽을힘을 다해 공부해서 현에서 최상위권 고등학교에 수석으로 합격했다. 생명유지실에 있는 시오리에게 그 사실을 보고했고, 이어서 교차로에 있는 시오리에게도 보고하자 굉장하다며 칭찬해줬다. 그렇게 간신히 좌절하지 않고 버틸 수 있었다.

하지만 마침내 그날이 찾아왔다.

어느 추운 겨울날이었다.

"고요미."

학교에 가려고 하는 나를 아빠가 불러 세웠다.

"오늘은 학교 쉬어. 같이 연구소까지 가야 할 것 같아."

아빠가 나에게 학교를 쉬게 하면서까지 연구소로 부르는 일은 처음이었다. 상당히 중요한 이야기가 있는 걸까. 어쩌면 시오리에게 회복의 조짐이 보였을지도 모른다. 기대하지 말자고 자신을 타이르면서도 마음속 어딘가 그러하기를 기대하며 연구소로 향했다.

아빠가 데리고 가준 곳은 시오리만을 위해서 만들어진 생명유지실이었다.

"아, 고요미 와줬구나······. 들어와."

흔치 않게 부은 눈을 한 소장이 나를 맞이했다. 밤샘 작업이라도 한 걸까.

하지만 지금 나는 소장을 신경 쓸 겨를이 없었다. 일부러 학교를 쉬게 하면서까지 시오리를 만나게 했으니 분명 뭔가 긍정적인 변화가 있는 걸 테다. 나는 아빠와 소장의 태도에서 느껴지는 어두운 분위기를 애써 무시하고 시오리를 보러 갔다.

침대 위의 시오리는 생명유지장치를 벗고 있었다.

"……시오리?"

핏기가 없는 시오리의 얼굴을 어루만졌다.

유노와 시오리가 가르쳐준, 느끼고 싶지 않았던 온도 차를 뺨의 싸늘함으로 느꼈다.

"불과 한 시간 전이었어……. 시오리의 심장이 멈췄어."

내 심장도 멈춰버렸으면 좋을 텐데.

그렇게 생각했다.

○

간소한 장례식이 끝나고 시오리의 몸을 태운 연기가 굴뚝에서 흘러가는 것을 바라보았다. 나는 상복 대신 입은 교복 차림 그대로 교차로를 찾았다. 열네 살 때부터 전혀 달라지지 않은 시오리의 유령이 나를 웃는 얼굴로 맞이해주었다.

— 고요미, 오랜만이야…….

"응. 미안해."

매일 시오리를 만나러 왔는데 사흘이나 시오리를 홀로 두고 말았다. 하지만 어쩔 수 없었다. 나는 시오리에게 시오리의 몸이 이 세상에서 사라졌다는 사실을 어떻게 전해야 좋을지 알 수 없었다.

— ……고요미, 뭔가 슬픈 일이라도 있었어?

시오리의 상냥한 목소리가 들렸다. 나는 아무 대답도 할 수 없었다.

— 괜찮아, 고요미. 울지 마. 내가 있잖아…….

반투명한 시오리의 손이 내 머리를 쓰다듬으려고 했지만 빠져나갔다.

신호가 바뀌고 사람들이 횡단보도를 건너기 시작했다.

많은 사람들이 나와 시오리의 옆을 지나쳐 갔다.

아무도 시오리가 그곳에 있다는 사실을 알아차리지 못했다.

# 막간

시오리가 교차로의 유령이 되고 나서 허질과학은 비약적으로 발전했다.

세계적인 성과를 하나 꼽자면 소장이 메인으로 연구하던 IP 단말기였다. 허질문을 측정해서 자신이 지금 어느 평행세계에 있는지를 수치로 확인할 수 있는 손목시계형 단말기였다. 이 샘플이 완성되자 전 세계의 연구 기관에서 테스트가 실시되었다. 나름대로 테스트한 보람이 있어서 IP 단말기는 그로부터 몇 년 뒤에는 폭넓게 일반인 모니터를 모집하기에 이르렀다.

허질과학연구소의 연구 내용도 한 걸음 앞으로 나아갔다. 아빠가 메인으로 연구하기 시작한 IP 고정화가 바로 그것이었다. 허질 공간에 중첩된 상태인 허질소자를 계속 관측해서 양자 상태를 고정시켜 흔들림을 제거하는 연구였다. 이것이 실현되면 관측 중에는 패러렐 시프트가 일어나지 않을 거라는 예상이 나왔다. 만약 이 기술이 일반화된다면, 예를 들어 자동차 운전 중에 갑자기 원거리 시프트가 일어나서 사고가 발생하는 사태를 피할 수 있게 된다. 인류가 평행세계를 받아들이고 살아가는 데 언젠가 반드시 필요한 기술이었다. 하지만 허질소자는 여전히 관측되지 않았기 때문에 그것이 연구에 가장 중요한 지점이라는 사실은 변함없었다.

물론 임의의 평행세계로 시프트하기 위한 장치, 아인즈바하의 요람을 개발하는 일도 진행되고 있었다. 내가 요람을 사용해서 시프트했을 때 수집한 데이터가 연구를 발전시킨 것 같았다. 요컨대 인체 실험(게다가 당시에 미성년자가 참여한)이므로 그 사실을 아는 사람은 나와 아빠, 소장 세 사람뿐이었지만 말이다.

소장은 이 임의의 패러렐 시프트를 '옵셔널 시프트'라고 이름 붙여서 20년 이내에 실용화를 목표로 연구소 메인 프로젝트로 삼았다. 이 기술이 완성되면 평행세계 간의 정보 교환을 통해 세계 간 정보의 수준이 동일해지는 가능성이 생기며, 그렇게 되면 허질과학뿐만 아니라 세상의 문명 수준은 비약적으로 발전할 것으로 예상된다.

허질과학의 눈부신 진보와는 대조적으로 내 인생은 급속도로 어둡고 숨 막히는 나락으로 추락해갔다.

시오리의 몸이 이 세상에서 사라지자 내 마음의 버팀목은 이제 교차로에 있는 시오리뿐이었다.

애초에 나는 고등학교를 졸업하면 후쿠오카에 있는 규슈대학 이학부 허질과학과로 진학할 예정이었다.

소장은 원래 이 대학의 물리학과에서 독자적으로 허질과학을 연구했다. 그리고 독일의 대학원에서 유학한 후에 일본으로 돌아와 단기간에 교수가 되었고, 고향의 지원을 받아 허질과학연구소를 설립했다. 아빠는 이때 설립을 도운 직원 중 한 사람이었다.

그 이후의 일은 아는 대로였다. 내가 열 살 때 소장은 학회에서 평행세계의 존재를 증명했다고 발표했다. 허질과학은 순식간에 학문의 한 분야가 되었고 시골에 자리한 수수께끼 연구소였던 허질과학연구소는 세계적으로 유명해졌다.

그 성과를 인정받아 규슈대학에서 이학부에 신설한 것이 허질과학과였다. 소장을 비롯한 연구소 연구원 여러 명이 비상근 강사로 초빙되었기에 허질과학을 배운다면 일본에서뿐만 아니라 전 세계에서도 톱클래스에 속하는 곳이었다.

나도 처음에는 이곳에서 허질과학을 배우고 돌아와 시오리를 구하기 위한 연구를 할 생각이었다. 하지만 시오리의 몸이 죽게 되자 나는 더 이상 버틸 수 없었다. 그곳에 다니려면 후쿠오카로 이사해야만 한다. 교차로에 시오리를 홀로 두고서 말이다. 그럴 수도 없었을 뿐더러 나도 시오리와 떨어지고 싶지 않았다.

그래서 나는 고등학교를 그만두고 연구소에 바로 취직했다. 물론 정규 루트는 아니었다. 온전히 연줄을 이용해서였다. 하지만 소장과 아빠 두 사람이 너무나도 잘 알 정도로 내 사정을 이해하고 있었고 연구원들도 어릴 적부터 사이좋게 지내던 사람들뿐이라서 아무 문제없이 들어갈 수 있었다.

열여덟 살이 되고 연구원으로서 매달 정식 월급을 받기 시작하자 나는 아빠 집을 나와서 혼자 살기 시작했다. 생활하기에는 빠듯한 액수였지만 딱히 사치를 부릴 마음은 없었기 때문에 그걸로 충분했다.

그와 동시에 나는 시오리의 일로 흐지부지되었던 아빠

와 소장의 재혼 이야기를 다시 꺼내 부추겼고 두 사람은 이듬해 정식으로 재혼했다. 하지만 딱히 두 사람의 행복을 위해서는 아니었다. 아니, 물론 두 사람이 행복하게 살아준다면 더 바랄 것도 없지만 말이다.

내 목적은 어쨌거나 혼자 남는 것이었다.

가능한 한 시오리만을 생각하고 싶었다. 여유가 있다면 교차로에 가는 시간으로 모두 쓰고 싶었다. 그러기 위해서 혼자 살기로 했고, 그나마 조금 남아 있던 인간다운 이성이 나이를 먹어 가는 아빠를 홀로 두는 건 참을 수 없다고 생각했다. 아빠와 소장이 내가 하는 말을 순순히 듣고 재혼을 결정한 건 그런 내 마음을 존중해줬기 때문일지도 몰랐다.

혼자만의 시간을 손에 넣은 나는 매일 시오리를 만나기 위해 교차로에 다니면서도 연구만큼은 진지하게 이어나가고 있었다. 나는 아직 시오리를 구하는 것을 포기하지 않았다. IP 캡슐(소장이 '아인즈바하의 요람'이라고 이름을 붙인 그것은 어느새 그런 심플한 이름으로 불리게 되었다)을 사용한 옵셔널 시프트 실험도 계속하고 있었고 조금씩 원거리 시프트 실험도 할 수 있게 되었다.

그러나 실험을 세 자리 수에 가깝게 반복해도 나와 만난 시오리는 단 한 명도 예외 없이 허질소자핵분열증에 걸려 있었다.

먼 세계라면 나와 만나지 않은 시오리가 행복하게 사는 세계도 있었다. 하지만 아무래도 나는 평행세계의 시오리를 내가 사랑하는 시오리라고 생각할 수는 없었다. 내가 좋아하는 시오리는 단 한 사람뿐이다. 많은 세계를 보면 볼수록 그 생각은 강해졌다.

그 무렵의 나는 운명론과 같은 것에 빠져 있어서 나와 시오리가 만난 경우에는 어느 세계에서든 반드시 불행해지는 게 아닐까 하는 생각에 지배당하고 있었다. 그때 아빠와 소장과 상담하며 내가 주장한 것이 '불가피한 현상의 반경'이었다.

어떤 세계에서 한 가지 현상이 일어난다. 가까운 세계에서는 거의 확실히 그와 똑같은 일이 일어난다. 하지만 먼 세계에서는 같은 일이 일어나지 않게 된다. 나는 같은 일이 일어나지 않게 되기까지, 반대로 말하자면 '반드시 같은 현상이 일어나는 세계의 범위'를 수치화할 수 있지 않을까 생각했다.

아인즈바하의 바다와 거품 모델을 사용하면 현상도 하나의 거품으로 표현할 수 있다. 어떤 결과의 원인이 되는 한 가지 거품을 기점으로 삼았을 때, 그 거품에서 분열한 평행세계는 균등한 종류의 현상 인력에 붙들린다. 그 현상 인력에서 결코 벗어나지 못하기 때문에 어느 평행세계에서든 같은 결과에 도달한다. 나는 그런 가설을 세웠다.

이 가설은 연구소의 협력을 얻어 증명되었고 이윽고 허질과학이 다루는 정식 이론으로 인정받았다. 그 범위를 나타내는 반경 수치에 IP를 사용했기 때문에 블랙홀 반경을 나타내는 용어와 조합해서 '슈바르츠실트 IP', 통칭 SIP라고 이름 붙였다. 참고로 이 이름은 소장의 조언을 얻어서 붙였는데, 아마 이것도 어떤 픽션을 참고한 것 같았다.

아직 젊고, 게다가 고등학교를 중퇴한 내가 세운 이론이 정식으로 채용됨으로써 내 이름도 허질과학 세계에서 조금 알려지기 시작했다. 하지만 나는 그런 데 전혀 흥미가 없었다. 그저 연구비를 얻어내기 위한 수단일 뿐이었다. 결국 내 목적은 단 한 가지, 내 세계의 시오리를 구해내는 것이었다.

그러나 아이러니하게도 내가 주장하는 SIP야말로 시오리를 구할 수단이 없다는 사실을 증명하고 말았다. 나와 시오리가 만나는 현상의 슈바르츠실트 반경 내에서는 예외 없이 시오리는 사고를 당해서 유령이 되었다.

허질소자는 여전히 관측되지 않았다. 가령 관측이 실현

되어 유령이 된 시오리의 허질을 구한다고 해도 그 그릇인 몸은 이미 화장되고 말았다.

이 상황에서 시오리를 구할 방법이 나는 하나밖에 생각나지 않았다.

그 수단으로 생각한 것도 오직 하나였다.

패러렐 시프트는 이름 그대로 허질 공간에서의 평행이동이다.

그래서는 불가능하다. 평행이동으로는 시오리를 구할 수 없다.

구할 수 있는 것은 평행이동이 아니라 수직이동.

즉, 시간이동이었다.

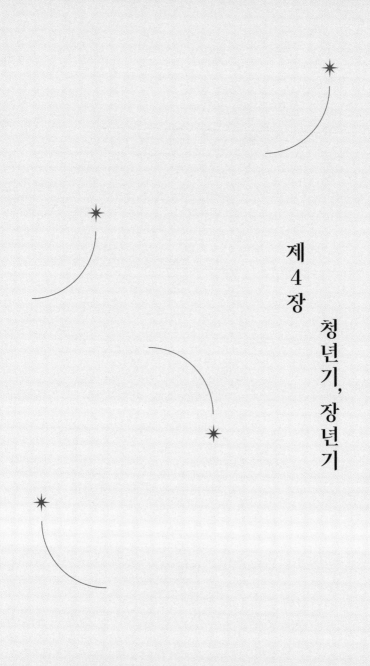

제
4
장

청년기, 장년기

✳

그 여성과 '재회'한 것은 내가 스물일곱 살 때였다.

규슈대학 이학부 허질과학과를 수석으로 졸업한 그녀
는 대학원에 진학해서 발표한 박사 논문이 학회에서 높은
평가를 받아 최단기간에 박사 학위를 수료했다. 대학에서
박사 연구원 자리를 제안하거나 해외 연구소에서 스카우
트 제의가 들어왔지만 모두 거절하고 고향으로 돌아와 우
리 회사의 구인 모집에 응시했다. 우리 연구소 연구원의 딸
인지, 아빠 되는 사람은 자랑스러운 딸이라며 대견해했다.

소장이나 아빠, 다른 연구원들은 전도유망한 젊은 친구
가 왔다며 들끓었지만 나는 크게 흥미가 없었다. 연구를 진
행해서 시오리를 구할 힌트라도 찾아내준다면 횡재라고

생각하는 정도였다.

그 여성은 당연하게도 만장일치로 즉각 채용되어서 4월 1일부터 입사하게 되었다. 참고로 우리 연구소는 원래 연구원을 뽑는 일이 드물어서 그해의 신규 입소자는 딱 한 명뿐이었다. 따라서 특별히 입소식 등도 하지 않았고 처음은 미팅룸에 연구원이 모인 자리에서 가볍게 안면을 텄을 뿐이었다. 그것조차도 참가는 자유였기 때문에 나는 당연히 참가하지 않고 혼자 묵묵히 연구를 계속했다.

그 후 그녀는 아빠의 안내를 받아 연구소 내의 각 시설을 돌아봤다. 당연하게도 내 연구실에도 찾아왔고 그때 나는 처음으로 그녀의 얼굴을 마주했다.

아니.

정확하게 말하자면 처음이 아니었다.

나에게 있어서 그녀와의 만남은 두 번째였다.

하지만 처음에 나는 그 사실을 알아차리지 못했다. 그녀에게 관심이 없었기 때문에 얼굴도 제대로 보지 않고 아무 말 없이 고개를 숙였다. 일단 자기소개 정도는 해두자 싶어서 자세를 바로잡았다.

우선은 아빠가 그녀에게 나를 소개했다.

"이 친구는 이 연구실의 실장, 히다카 고요미일세. 내 아들이지만 특별히 신경 쓰지 말고 대하면 돼."

"네."

첫인상이 차가운 여성이었다. 안경을 낀, 가늘게 찢어진 눈이 지성과 엄격함을 느끼게 했다. 그런 인상은 표정에도 드러나 있어서 앞으로 함께 일하게 될, 어쩌면 상사가 될지도 모를 상대에게도 아첨할 생각은 없는 것 같았다. 적어도 내가 보기에는 전혀 부정적인 인상이 아니었다. 실력이 우수하다면 그걸로 충분하다. 오히려 아첨하는 쪽이 번거로웠다.

"고요미, 이 친구가 그 신입 연구원이야. 너랑 나이가 같아서 그런 건 아니지만, 조만간 네 아래에 붙일까 싶어."

아빠의 말은 솔직히 정말 곤혹스러웠다. 어느새 실장이라는 위치에 올랐지만, 내 연구실에는 정식 공동연구원은 없었다. 하물며 후배나 부하 직원도 없었다. 이건 내가 연구소에서 나이가 가장 어리기 때문이기도 하지만 무엇보다 내가 다른 사람과 함께 일할 때보다 혼자서 할 때 성과를 내기 때문이었다. 이건 물론 내가 의도한 일로, 불필요한 인간관계를 만들지 않는 것이 목적이었다. 나는 결국 그로부터 10년 이상이 지났는데도 시오리 생각밖에 하지 않았다.

소장은 그래도 특별히 상관없다고 생각하는 모양이지만, 아빠는 역시 부모로서 신경을 쓰는 것 같았다. 만약 젊은 연구원이 신입으로 들어온다면 나에게 붙이겠다고 처음부터 생각하고 있었던 게 아닐까.

지금 나의 목표가 시간을 이동하는 방법을 찾는 것이라는 사실은 나 말고는 아무도 모른다. 나는 평행세계에 대한 연구를 하면서 그것을 위장 삼아 시간이동 연구를 계속하고 있었다. 물론 허질과학이라는 학문의 가능성으로 시간이동을 논하는 경우도 있지만, 현재 상황에선 세계는 평행이동만 가능하다고 간주하고 있었다.

노트를 예로 든다면, 같은 페이지 위의 다른 도형으로는 이동할 수 있지만 다른 페이지로 이동하려면 종이를 관통해야 한다. 이 경우 종이는 허질을 뜻한다. 즉 시간이동을 하려면 허질의 벽을 뚫어야 한다는 말이 된다. 그리고 허질은 물질을 구성하고 있으므로 허질을 관통하면 이론적으로는 그 시점에서 물질도 붕괴하고 만다.

즉 허질과학의 이론에서 시간이동은 세계의 붕괴나 마찬가지였다.

그 때문에 적어도 우리 연구실에서는 시간이동 연구는 하지 않았고 그러기 위한 예산도 내려오지 않았다. 그런데 나는 통상적인 연구를 하기 위해 받은 예산으로 시간이동 연구를 몰래 하고 있었기 때문에 부하 직원이나 후배는 나에게 방해꾼밖에 되지 않았다.

그렇게 생각한 것은 한순간이었다. 아빠에게 소개받은 그녀가 한 걸음 앞으로 나와서 나를 향해 자기소개를 했다.

"다키가와 가즈네입니다. 잘 부탁드립니다."

그렇게 한 번 인사하고 내 눈을 똑바로 쳐다보았다.

문득 나는 그 이름을 어딘가에서 들은 적이 있는 듯한 느낌이 들었다.

연구원들이 이력서를 읽고 있을 때 이름이라도 말했던 가? 아니, 그런 기억은 없다. 그렇다면 학회에서 높은 평가를 받았던 박사 논문을 훑어봤을 때 이름을 봤던 걸까? 그렇다면 좀 더 확실히 기억하고 있을 테다.

그녀의 얼굴을 다시 쳐다보았다.

지성이 느껴지는 단정한 이목구비를 하고 있었다. 안경 도수가 상당히 높아 보였고 그 안에 자리한 가느다란 눈은 조금 가까이 다가가기 힘든 분위기를 느끼게 했다. 머리는 짧은 단발에 조금 밝은 갈색을 띠고 있었다.

……역시 어딘가에서 본 것 같은 느낌이 들었다.

시오리가 유령이 된 이후, 나는 사람을 제대로 접하지

않았다. 고등학교에서도 친구가 없었고 고등학교를 중퇴하고 나서는 집과 연구소와 교차로를 왔다 갔다 하며 하루하루를 보냈다. 설마 내가 간 적 있는 가게에서 아르바이트를 하고 있었을까? 아니, 그런 상대를 기억하고 있을 거라고는 생각하기 힘들었다.

"두 사람 다 우리 연구소에서 최연소지만 우수함으로 따지자면 다른 연구원에게 뒤지지 않을 거야. 어떤 분야에서든 젊은 바람이 필요한 법이지. 둘이서 힘을 합쳐 부디 허질과학의 미래를 짊어질 연구원이 되어주길 바라네."

아빠가 깔끔하게 정리했다. 어느새 쉰을 넘겼지만 충분히 멋지다고 생각한다. 그런 아빠에게 경의를 표하고 나답지 않게 오랜만에 평범한 사람 같은 행동을 취했다.

"처음 뵙겠습니다. 잘 부탁할게요, 다키가와 씨."

그렇게 말하며 내가 내민 손을 다키가와가 잡았다.

……조금 꽉 잡는 듯한 느낌이 들었다.

○

나와 다키가와의 진짜 첫 대면이 언제 어디였는지 수수께끼가 풀린 것은 그로부터 1년이 지난 후였다.

대다수가 예상한 대로 다키가와는 실로 우수했다. 처음에는 여러 사람에게 붙어서 다양한 일을 배웠는데, 어느 것이나 쉽게 흡수했고 때로는 개선책을 내기까지 했다. 소장도 얼른 정식으로 연구 팀에 넣는 편이 낫겠다고 생각했는지 높은 사람들과 담판을 지은 결과 그녀는 아빠의 의도대로 내 연구실에 배속되었다. 그리하여 나는 처음으로 공동 연구원을 가지게 되었다.

그리고 그날 근무 시간이 끝나고.

"고요미, 잠시 와봐."

휴게실을 지나가는데 아빠가 나를 불러 세웠다.

"왜?"

가까이 다가간 나에게 아빠는 봉투 하나를 내밀었다. 열어보자 안에는 1만 엔짜리 지폐가 두 장 들어 있었다. 과연이 돈은 뭘까.

"비품 값이야?"

"아니. 그 돈으로 오늘 다키가와 씨랑 식사 하고 와."

"뭐어?"

얼굴을 한껏 찡그리고 말았다.

"오늘부터 팀이 됐으니 친목을 도모해야지."

"싫어. 필요 없어. 집에 갈게."

"잠깐 있어봐. 이미 가게도 예약해뒀어. 엄마가 추천하는 가게야."

"무슨 짓이야……. 그럼 엄마랑 가면 되잖아."

여기서 말하는 '엄마'는 소장을 뜻했다. 아빠와 재혼하고 나서 나는 개인적인 자리에서는 소장을 그렇게 부르고 있었다. 괜한 미안함을 느끼지 않게 하기 위해서였다.

"엄마랑은 다른 가게를 예약해뒀어. 네가 안 가면 기껏 예약한 게 아깝잖아."

"아빠, 그런 성격이었어?"

계속해서 독신을 고집하는 아들에게 극성부리는 부모 같지 않은가. 쉰을 넘으면 역시 여러모로 생각하는 바가 달라지는 건가…… 하고 순간적으로 생각했지만 그런 건 아닌 듯했다.

"네가 아직 시오리를 포기하지 않은 건 알고 있어."

갑작스러운 말에 순간적으로 숨이 멎었다.

"네 인생이야. 네가 선택한 길에 나는 아무 간섭도 안 할 거야. 하지만 그렇다면 그 길에서 가능성을 높이도록 행동해야지. 다키가와 씨는 정말 우수한 연구자야. 분명 너한테 도움이 될 거야. 사이좋게 지내는 편이 확실히 나을 거야."

"……설마 그렇게 나올 줄은 몰랐어."

"다키가와 씨를, 너한테 도움이나 되면 다행이라는 정도로 생각하지 않았어? 그럼 못써. 분명 도움이 될 거야."

과연, 역시 아빠는 아빠다웠다. 나와 마찬가지로 지금도 결국 어딘가 인간다움이 결여되어 있는 것 같았다.

"……그렇다면 고맙게 받아들일게."

봉투에 담긴 2만 엔을 지갑에 넣고 예약해둔 가게 연락처를 휴대전화에 등록했다. 소장이 추천한 가게이니 이건 이미 업무 명령이나 마찬가지지 않을까. 나는 그대로 휴게실에 남아 조만간 퇴근해서 나올 다키가와를 기다렸다.

공기가 차분해지자 조금 긴장되었다. 이미 10년 이상이나 사람을 제대로 접하지 않았다. 더구나 여자에게 식사를 권해본 경험은 시오리 말고는 없었다. 대체 무슨 말을 해야 할까. 우선은 "수고했습니다"라고 해야 하나. 그러면 상대가 "수고했습니다, 먼저 실례하겠습니다"라고 하겠지. 그렇게 되면 "그래요, 조심히 돌아가요"……. 그럼 실패. 집에 가버리게 된다. 그렇게 말고 "수고했으니 같이 식사라도 하러 갈래요?"라고 할까. 아무리 그래도 너무 갑작스럽다. 시오리한테는 어떤 식으로 말을 걸었더라? "밥 먹으러 가자!" 이건 말도 안 된다.

이런저런 생각을 하고 있는데 심장이 갑자기 두근거렸다.

가슴이 조여 오는 그 감각이 무척이나 그리웠다. 이런 사람다운 감정이 내 안에 여전히 남아 있었던가. 조금 기쁜 것과 동시에 미안한 마음이 덮쳐왔다.

시오리는 이미 심장의 고동 따위 느낄 수 없는데.

"히다카 씨."

심장이 멎는 줄 알았다.

"아…… 아아, 다키가와 씨."

어느새 눈앞에 다키가와가 서 있었다. 일이 끝난 모양이었다. 때마침 잘됐다. 이대로 식사를 하러 가자고 하자. 자아 뭐라고 할까. 어라, 머리가 새하얘진다. 조금 전까지 무슨 생각을 하고 있었더라.

"수고, 했어요."

"네. 수고하셨어요."

다음 말이 나오지 않았다. 어째서일까, 아빠나 시오리와는 무난하게 말할 수 있었는데. 사람과 최대한 교류하지 않고 보낸 10년이란 세월 동안 사람과 소통하는 능력을 이렇게나 잃어버린 걸까. 심장이 심하게 두근거리고 식은땀이 나왔다. 지금부터 식사를 하러 가자고 말하려고 하는데도 '지금'이라는 말을 어떻게 발성해야 하는지조차 생각나지 않았다.

그런 내 모습에 다키가와는 미간을 살짝 찌푸렸다.

"저기, 부소장님께서 히다카 씨가 식사 자리를 마련했다고 하던데요."

나는 오랜만에 진심으로 아빠에게 고마움을 느꼈다.

○

아빠가 예약한 가게는 역에서 걸어서 10분 정도 떨어진, 아케이드 거리에서 골목길로 조금 들어간 곳에 있는 건물 1층의 백반집 겸 술집이었다. 하지만 그 건물에 가까워질수록 나와 다키가와의 미간에 주름이 생겼다.

"정말 여기 맞아요?"

"그렇긴 할 텐데요."

그 건물에는 벽이나 통로 곳곳에 애니메이션이나 게임 포스터가 덕지덕지 붙어 있었다. 대체 건물의 정체가 뭘까.

"텐데요라뇨? 히다카 씨가 예약한 거 아니에요?"

"아…… 실은 예약한 건 아버지예요. 다키가와 씨랑 팀이 됐으니 친목을 도모하기 위해서 식사 자리를 마련하라고 했거든요."

"그렇군요……. 그럼 이 가게는 부소장님의 취향이었나

봐요?"

"아버지는 그런 취향이…… 아, 맞다. 이 가게는 소장님
이 추천했어요."

"소장님…… 아아, 그랬군요."

전부 다 말하지 않아도 다키가와는 이해한 것 같았다.

허질과학의 설립자인 소장, 사토 교수가 이른바 '오타
쿠'라는 사실은 이 업계에서는 비교적 유명했다. 특히 오래
된 만화나 애니메이션, 게임이나 라이트노벨을 좋아하는
지 허질과학이나 평행세계에 관한 용어도 그 작품들에서
영향을 받았다고 공언했고 몇몇 작품은 허질과학의 참고
자료로 꼽기도 했다.

"소장님이 추천했다면 들어가야겠네요."

"그렇겠네요……. 그럼 가죠."

1층 안쪽에 있는 포렴을 지나서 미닫이문을 드르륵 열
었다. 백반집 특유의 먹음직스런 냄새가 풍겨왔지만, 그것
보다도 역시 포스터나 피규어가 잔뜩 널린 가게 안의 모습
에 눈길이 갔다.

"어서 오세요!"

"저, 예약한 히다카라고 합니다."

"아, 네에. 히다카 님이시군요! 그쪽 미닫이문 방에 들어

가세요!"

입구 바로 정면에 있는 미닫이문을 열고 안으로 들어갔다.

"이 방, 뭐죠……."

이 방도 역시 포스터나 피규어 천지였지만, 밖과는 느낌이 조금 달랐다.

간단히 말하자면 미소년 천지였다.

밖에는 포스터도 피규어도 온통 미소녀였지만, 이곳은 정반대였다. 그로 미루어 보건대 이 방은 여성을 위한 공간이 아닐까 싶었다.

어찌되었든 방석에 앉아서 점원이 가져다준 물수건으로 손을 닦았다. 좌식인 건 편하고 좋았다. 나의 불안과 달리 비교적 평범했던 메뉴 중에서 적당히 주문하고 먼저 나온 가벼운 술로 건배했다.

"저기…… 오늘부터 같은 연구 팀에서 함께 일하게 됐으니…… 잘 부탁드릴게요."

"잘 부탁드립니다."

긴장감으로 목이 칼칼해진 나는 맥주를 단숨에 절반 정도 들이켰다. 다키가와는 알코올 도수가 낮은 칵테일을 홀짝이고는 테이블에 내려놓았다.

"……술은 자주 마셔요?"

"자주는 아니고요. 술을 좋아하긴 하는데 딱히 잘 마시진 못해요."

"그렇군요……."

대화가 끊어졌다. 용기를 내서 말을 걸면 좋겠지만 어떻게 이어가야 할지 알 수 없었다. 다키가와 쪽에서 이야기를 걸어주면 도움이 되겠지만 말이다.

서로 잠시 아무 말 없이 계속해서 술을 마셨다. 나는 맥주를 마시고 있었기 때문에 금세 한 잔을 비웠다. 다키가와는 잔의 3분의 1 정도를 겨우 비운 참이었다. 나는 무료해졌다.

그리고 잔이 절반 정도 비었을 무렵이었다.

"저기."

다키가와가 갑자기 잔을 놓고 입을 열었다.

"네, 네에?!"

놀라서 그렇게 대답하고 말았다. 서른이 다 된 남자가 한심하기 짝이 없다.

다키가와는 고개를 숙이더니 눈을 가늘게 뜨고 나를 노려보았다. 유심히 보니 그 귀가 새빨개져 있었다. 설마, 이 정도로 벌써 취한 걸까.

"제가 입소했을 때 연구실에서 인사를 했잖아요."

"네."

기억하고 있다. 아빠가 다키가와를 데리고 왔을 때였다.

"그때 히다카 씨가 처음 뵙겠다고 말씀하셨죠."

처음 뵙겠습니다. 잘 부탁드립니다. 지극히 평범한 인사였을 테다. 대체 뭐가 불만일까.

그쯤에서 문득 생각났다.

그렇다. 나는 그때―.

"처음 뵙는 게 아니에요."

초면이 아닌 듯한 느낌이 들었다.

"적어도 저한테는 재회였어요."

"……역시 그랬나요?"

"역시라뇨? 알고 있었나요?"

"저기, 어딘가에서 만난 것 같은 느낌이 들었어요."

"어딘지 아세요?"

"……미안해요. 기억나질 않네요."

나는 순순히 고개를 숙였다. 그 후 아무리 생각해도 결국 답은 나오지 않았다.

다키가와는 다시 술을 한 모금 마셨다. 불쾌해 보인 것은 그게 원인이었던 걸까. 그런데 어째서 나는 생각이 나질 않는 걸까. 나는 대체 다키가와라는 사람을 어디서 만난 것일까.

"우리, 고등학교 때 같은 반이었어요."

"……네에?"

"같은 학교, 같은 학년, 같은 반이었다고요."

"……정말 미안해요."

그랬었구나. 낯이 익은 게 당연한 일이었다. 과연 그래서였구나.

거짓말이다. 솔직히 말해서 전혀 감이 오지 않았다.

내가 다니던 고등학교는 현에서 최상위권에 속하는 진학 고등학교로, 1학년 때 반은 입학시험 성적순으로 나눠졌다. 수석으로 합격한 나는 당연히 제일 윗반인 A반이었지만, 그 반은 학생 모두가 공부에만 관심이 있었고 그건 나도 마찬가지였다. 친구는 전혀 사귀지 않았기 때문에 같은 반 친구의 얼굴과 이름을 떠올려보라고 해도 나는 단 한 사람도 생각나지 않았다.

그런데 어째서 다키가와만은 기억하고 있을까?

"이야길 나눈 적도 없으니 기억하지 못해도 어쩔 수 없을지 모르겠네요. 다만 히다카 씨는 기억날 수밖에 없네요. 신입생 총대표를 했으니까요."

신입생 총대표. 고등학교 입학시험을 수석으로 합격한

나는 입학식 날에 신입생 총대표로 단상에 섰다. 그렇다면 성적이 제일 중요한 A반 학생들이 나를 기억하고 있다고 해도 납득이 갔다.

하지만 그것만으로는 내가 다키가와를 기억하고 있을 이유가 되지 않았다.

"저도 총대표를 노리고 있었으니까, 분했어요. 그 이후에는 시험 점수로 이겨보려고 했는데 결국 당신은 아무한테도 지지 않고 계속 1등을 유지했죠."

그때는 아직 시오리의 몸이 살아 있었다. 시오리를 구하는 것은 나에게 있어서 무엇보다도 중요한 현실이었고, 목표는 손이 닿는 형태로 그곳에 있었다. 최고의 성적으로 최고의 대학에 진학해서 시오리를 구할 방법을 찾아낸다. 그러기 위해서 죽을힘을 다해 공부한 결과였다.

"그런 히다카 씨가 2학년 때 고등학교를 중퇴했을 때는 정말 놀랐어요. 뭔가 사정이 있었을 테지만 그때 저는 단순히 히다카 씨가 제풀에 지쳤다고 생각했어요. 하지만 그렇지 않았죠. 히다카 씨는 그 후 '불가피한 현상의 반경'이라는 개념을 제창했고 그 공을 인정받아 허질과학의 역사에 이름을 남겼죠. 나는 대학교에서 그 뉴스를 듣고 정말 분했어요. 그리고 맹세했어요. 꼭 허질과학연구소에 취직해서 당신을 뛰어넘는 성과를 남겨 보이겠다고요."

술 때문이기도 할 테다. 쿨해 보이던 다키가와의 눈이 지금은 열정적으로 나를 노려보고 있었다. 아빠가 한 말은 타당한 것 같았다. 이 집념은 분명 이용할 수 있을 것이다.

"영광이에요. 꼭 둘이서 허질과학을 발전시키죠."

웃음을 최대한 지어 보였지만 내 가슴속의 답답함은 여전히 가시질 않았다.

아직이다. 아직 내가 다키가와를 기억하고 있는 이유를 알 수 없었다. 이름뿐이라면 그걸로 충분하지만, 뭔가 다른 기억이 있는 것 같은 느낌이 들었다. 같은 반이지만 한마디도 이야기를 나눈 적도 없었고 고등학교를 중퇴하고 나서 연구실에서 재회할 때까지도 한 번도 만난 적이 없었다. 이런 조건에서 대체 어째서 기억하는 걸까.

내 가식적인 웃음을 간파했는지 다키가와는 또다시 불쾌한 표정을 하더니 술을 한 모금 들이켰다. 이제껏 중에서 제일 시원스럽게 마셨다. 괜찮을까.

"그래서 말인데요."

"네."

"히다카 씨와 대등한 입장에서 싸우기 위해 제가 부탁드릴 게 한 가지 있는데요."

"뭔가요?"

대체 무슨 소리를 하려는 걸까. 귀찮은 소리는 안 했으면 좋겠는데.

다키가와는 잔을 다시 들이켜더니 테이블에 몸을 쑥 내밀고 한마디 했다.

"존댓말 그만 써도 될까?"

"……네에?"

전혀 예상 밖의 부탁이었다.

"그야 우리, 같은 반 친구였잖아. 존댓말을 쓰면 아무래도 업무상 위치를 의식하게 되는걸. 그렇게 되면 히다카는 내 상사니까 거침없이 경쟁 의식을 불태울 수가 없어."

"네에?"

"그러니까 반말로 하자고. 어때? 안 된다면 안 된다고 해도 돼. 화끈하게 포기할 테니까. 사회인으로서 그런 상식 정도는 가지고 있어. 술기운에 한 소리라고 생각해줬음 좋겠어."

그 상식을 굽히고 부탁하기 위해 섭취한 알코올이었던 걸까. 정말이지 당찬 사람이다. 하지만 이건 오히려 좋은 의견일지도 모른다. 나도 존댓말은 영 거북한 데다 어쩌면 다키가와한테는 언젠가 시간이동 연구에 대해서 이야기할

날이 올지도 모른다. 그렇다면 거리를 좁혀두는 편이 좋지 않을까.

"알겠어, 그러자. 나도 반말로 할게. 그게 더 편하니까."

"그래. 고마워."

냉담하게 말하고 다키가와는 잔에 남은 마지막 칵테일을 들이켰다. 태연한 것처럼 보였지만 손이 살짝 떨리고 있었다. 아마 겁이 났을 테다. 상사에게 반말을 해도 되냐고 묻는 건 제대로 된 사회인으로서 어려운 일이었다. 내가 제대로 된 사회인이 아니라는 사실을 고마워하기를 바랐다.

"새삼스럽지만 앞으로 잘 부탁할게, 히다카 씨."

"반말로 하는데 성에다 씨까지 붙이는 것도 영 어색하네. 고요미라고 불러도 돼."

"그래? 그럼……."

그리고 다키가와가 내 이름을 부른 순간.

"고요미."

나는 생각났다.

어째서 다키가와를 기억하고 있는지를.

언제 어디서 다키가와와 만났는지를.

○

　그건 분명 스무 살 무렵이었을 때라고 기억한다. 나는 평소처럼 IP 캡슐을 사용해서 패러렐 시프트를 했다. 이미 수많은 실험을 거듭해왔던 나는 허가를 받고서 먼 세계로 시프트 실험도 할 수 있게 되어 그날은 과감하게 평소보다 훨씬 먼 세계로 시프트해보았다.

　시프트 실험은 늘 새벽 2시 경에 이루어졌다. 낮에 실험을 하면 다양한 위험이 동반되기 때문이다. 예를 들어 시프트한 세계에서 내가 고속도로에서 운전하는 중이라면 시프트한 순간 불과 잠깐의 지체로도 큰 사고가 일어날지 모른다. 시오리는 그래서 그런 일을 당했다.

　그에 비해 새벽 2시라면 대개 자고 있다. 물론 100퍼센트 안전하다고는 할 수 없지만, 적어도 90퍼센트 이상은 원하는 대로 침대 위로 시프트했다.

　그때 시프트한 곳도 무사히 침대 위였다.

　하지만 여느 때와 결정적으로 다른 점이 있었다.

　위화감에 나는 하마터면 소리를 지를 뻔했다.

　내 오른손이 누군가의 손을 잡고 있었다.

조심스럽게 고개를 오른쪽으로 돌렸다.

곁에 누군가가 자고 있었다.

서로 닿는 살결의 감촉. 나도 그 누군가도 알몸인 것 같았다. 방에는 상야등을 켜놓고 있어서 누군가의 윤곽을 희미하게 떠오르게 했다. 머리가 긴 여자였다.

어쩌면, 하고 나는 순간적으로 기대했다.

어쩌면 이 사람은 시오리가 아닐까?

이 세계는 내가 쭉 찾고 있던, 나와 만난 시오리가 유령이 되지 않은 세계가 아닐까……?

확인하기 위해 머리맡을 더듬어 스탠드를 찾아 스위치를 켰다.

눈부신 등불에 여자가 잠에서 깼다.

"으음…… 무슨 일이야? 고요미."

눈을 비비면서 여자가 나를 쳐다보았다.

누구지.

"화장실 가려고? 아님…… 또 할 거야?"

그런 말을 하면서 여자는 수줍은 듯이 웃음 지었다.

그 웃는 얼굴도 눈도 귀도 코도 입도, 내 이름을 부르는 목소리도.

시오리가 아니었다. 시오리와는 전혀 다른 여자였다.

나는 시오리가 아닌 여자와 알몸으로 함께 자고 있었던 걸까?

그렇게 인식한 순간 기분이 몹시 나빠졌다.

위 속의 내용물을 게워내고 싶었다. 눈앞의 여자를 밀쳐내고 넌 누구냐고 고함지르고 싶었다. 하지만 그래선 안 된다. 진정해야 한다. 이곳은 내 세계가 아니다. 평행세계의 내가 누구와 사귀고 있든 내가 이러쿵저러쿵 간섭할 할 권리는 없다.

……과연 그럴까? 평행세계라고 해도 나는 나이지 않을까? 어째서 시오리가 아닌 여자를 안고 있는 걸까. 나인 주제에. 모든 세계의 나는 시오리를 위해서 살아가야 하지 않는가.

머릿속이 엉망이었다. 생각이 뒤죽박죽되고 있었다. 혼란스럽다는 증거였다. 돌아가야 했다. 원래의 세계로. 오랜만에 나는 강하게 염원했다. 원래의 세계로 돌아가고 싶다. 이런 세계에 나는 있을 수 없다. 웃기지 말라. 나한테 시오리가 아닌 연인이 있다니 그런 일 따윈 절대로 인정할 수 없다.

원래의 세계로 돌아온 나는 그 세계를 기억 속에서 바로 지웠다.

○

그렇다. 평행세계다.

그 세계에는 나를 '고요미'라고 부르는 여성이 있었다.

그 여성은 내 곁에서 나와 손을 잡고 나에게 미소 짓고 있었다.

그 여성은 그 세계에 사는 나의 연인이었다.

나에게 시오리가 아닌 연인이 있다는 사실을 참을 수 없어서 나는 바로 원래의 세계로 돌아왔다. 그건 불과 몇 초 사이의 일이었기 때문에 아마도 상대는 그 사실을 알아차리지 못했을 것이다. 건너편 세계의 나도 때마침 자고 있었을 테다.

틀림없다. 지금 다키가와가 '고요미'라고 나를 부르는 목소리와 그 여성이 '고요미'라고 부른 목소리는 완전히 일치했다. 나는 평행세계에서 다키가와를 만난 것이다.

평행세계에서 나의 연인이었던 여성.

그 존재를 어떻게 받아들여야 할지 알 수 없어서 나는 입을 다물었다.

그런 나를 대신해서는 아니지만 다키가와가 입을 열었다.

"나도 가즈네라고 불러도 돼."

나부터 먼저 이름으로 불러도 된다고 했으면서 나는 이름으로 부르지 않는 것도 이상해 보일 테다. 묘하게 마른 혀를 움직여서 조심스럽게 그 이름을 불렀다.

"알겠어⋯⋯. 가즈네."

처음으로 입에 담은 그 어감이 어째서인지 혀에 몹시 익숙한 느낌이 들어서 괜히 시오리가 보고 싶어졌다.

그 후 나와 다키가와⋯⋯ 가즈네는 서빙된 요리를 먹으며 술도 몇 잔쯤 더 했고, 가게를 나왔을 무렵 가즈네는 완전히 취해 있었다. 노래방에 몹시 가고 싶어 하는 가즈네와 딱 한 시간 어울려주었고, 휘청휘청 걷는 모습이 위태로워 보였기 때문에 하는 수 없이 집까지 바래다주기로 했다.

그 길에 쇼와 거리 교차로가 있었다.

신호가 바뀌어 횡단보도를 건너기 시작했다. 이 횡단보도를 다 건널 때쯤에 시오리가 있다.

나는 의식을 집중시켰다.

그러자 횡단보도 위에 여전히 열네 살인 모습의 시오리가 붕 떠올라 있었다.

─아⋯⋯ 고요미.

시오리는 기쁜 듯 미소 지었다. 나도 손을 살짝 흔들었다. 그러나 안타깝게도 지금은 가즈네와 함께였다. 아무리 취해 있다고는 해도 가즈네의 눈앞에서 보이지 않는 유령과 대화해서 이상하게 보이는 것도 꺼림칙했고 그렇다고 해서 여기서부터 혼자 집에 보내는 것도 마음이 켕겼다. 어쩔 수 없이 우선 가즈네를 바래다주고 나서 다시 한 번 더 돌아와야겠다고 생각했다.

속도를 떨어뜨리고 천천히 걸으면서 나는 시오리에게 귓속말을 하듯이 말했다.

"바로 다시 올게. 잠깐만 기다려."

시오리가 고개를 꾸벅 끄덕였다.

그리고.

"어라…… 고요미도 이 애가 보이는 거야?"

가즈네가 한 말에 내 발걸음은 완전히 멈추었다.

가즈네를 쳐다보았다. 가즈네의 시선은 확실히 시오리의 모습을 파악하는 것처럼 보였다. 아빠나 소장에게는 보이지 않지만, 시오리의 이야기에 따르면 가끔 자신이 보이는 사람도 있는 모양이었다. 시오리를 유령이라고 한다면 시오리가 보이는 사람들은 영감이 뛰어난 사람들일 테다. 그런 사람들한테서 소문이 퍼져 이제 '교차로의 유령'은 이 동네에서 유명한 도시 전설이 되었다.

가즈네도 그, 영감이 뛰어난 사람일까?

"너, 시오리가 보여?"

동요한 나는 그만 무심코 그 이름을 말하고 말았다.

가즈네의 흐리멍덩한 눈이 갑자기 빛을 되찾았고, 여느 때의 날카로운 눈으로 나를 꿰뚫어 보았다. 연구자의 시선으로 돌아온 듯했다.

"시오리? 그거, 이 유령의 이름이야? 고요미는 이 유령이 누군지 알아?"

경솔했다. 어떻게든 얼버무릴 수단이 없을까 생각했지만 좋은 아이디어가 떠오르지 않았다. 아무 대답도 하지 않고 침묵하는 것 자체가 이미 답일 것이다.

"이 유령한테 직접 들었어."

난처한 나머지 그런 변명을 했다. 믿을지 믿지 않을지 가즈네의 표정에서는 파악할 수 없었다.

"시오리…… 평범하게 생각하면 여성의 이름이려나."

"그 정도는 보면 알잖아."

"그래? 고요미는 성별을 금방 알 수 있을 만큼 또렷하게 보인다는 거네."

"어?"

"난 가끔 아주 흐릿하게 사람 형태 같은 게 보일 뿐이야.

목소리도 안 들려. 그런데 너한테는 또렷하게 보이는 데다 목소리까지 들린다는 거네……. 설마 이래도 아무 상관 없다고는 말 안 하겠지?"

스스로 무덤을 더 파고 말았다. 혹시 속을 떠본 걸까? 취한 상태로 완벽하게 덫을 놓다니, 상당히 지능적이었다.

"가르쳐줘. 내 호기심을 만만하게 보지 마."

차분한 시선으로 노려보는 가즈네. 대충 얼버무리면 집요하게 추궁당할 것 같았다. 자칫하면 연구소의 다른 연구원들 앞에서 이야기를 꺼낼지도 몰랐다.

어쩌지? 지금은 잘 판단해야 하는 상황이다. 가즈네는 상당히 우수한 공동연구원이다. 언젠가 내가 하는 진짜 연구를 밝히고 협력을 얻는 것도 선택지 가운데 하나였다. 그 시기가 앞당겨졌을 뿐이라고 생각하면 오히려 이건 좋은 기회일지도 모른다.

나는 시오리에게 시선을 돌렸다. 시오리는 어리둥절한 시선으로 나와 가즈네를 번갈아보고 있었다.

"시오리. 말해도 될까?"

불과 몇 초간 내 눈을 바라본 후 시오리는 고개를 꾸벅 끄덕였다.

나는 마음을 먹고 가즈네 쪽으로 몸을 틀었다. 가즈네

를 내 편으로 만들면 좀 더 자연스럽게 시오리와 이야기할 수 있을지도 모른다는 계산도 포함되어 있었다. 기본적으로 아무에게도 보이지 않는 시오리와 이야기하는 나는 옆에서 보면 교차로에서 혼잣말을 계속 중얼대는 위험한 인간이다. 하지만 두 사람이 서 있으면 그 상대와 이야기하는 것처럼 보일 테다. 어차피 지나가는 사람의 대화에 귀를 쫑긋 세울 사람은 없다.

"알겠어. 가즈네, 지금부터 중요한 이야기를 할게. 잘 들어줘."

그리고 나는 가즈네에게 시오리에 대한 이야기를 하기 시작했다.

물론 전부는 아니었다. 나와 시오리의 관계는 거의 덮어두고 단순한 친구인 걸로 해뒀다. 친구가 평행세계의 이 장소에서 교통사고를 당했는데, 그 순간에 무리하게 패러렐 시프트를 시도했다. 그 결과 시프트가 끝나기 전에 평행세계의 육체는 차에 치여서 즉사했고 물질을 잃은 허질만이 이 자리에 물들어 남고 말았다. 이것을 허질소자핵분열증이라고 부른다……. 대충 그렇게 설명했다.

"난 이 애를 구하려고 연구를 계속하고 있어."

설명을 다 들은 가즈네는 입가에 손을 대고 무언가 곰곰이 생각하고 있었다. 다음 순간에 입을 열었을 때 무슨 말을 하는지에 따라 나는 가즈네에 대한 평가를 내리게 될 터였다.

"……허질소자를 관측해서 구조할 수 있게 된다면 가능하려나. 그래서 어떻게든 이쪽 세계의 이 아이의 몸에 허질을 동화시키면 되지 않을까."

가즈네의 대답은 거의 만점에 가까웠다.

"아니, 이쪽 세계에서도 이 애의 몸은 이미 죽었어. 허질소자핵분열증에 걸리면 몸은 거의 뇌사와 같은 상태야. 겨우 2년은 버텼지만 그게 한계였어."

"그럼…… 어떻게 할 거야?"

순간적으로 망설였지만 이 상황까지 온 이상 역시 이야기하기로 했다. 내가 설명한 후에 섣불리 부정하거나 가설을 제기하기보다 먼저 구체적인 방법을 생각해서 대답한 가즈네. 그녀의 연구자로서의 천성을 믿기로 했다.

"나는 시오리가 허질소자핵분열증에 걸린 근본 원인을 제거하는 수밖에 없다고 생각해. 그 방법을 쭉 찾고 있어."

"근본 원인을 제거하다니?"

"시오리가 사고를 당한 원인. 애초에 평행세계로 시프트했던 원인. 그걸 처음부터 없었던 일로 만드는 거지."

"처음부터 없었던 일로 만들다니…… 그거 설마."

내가 하려고 하는 말을 가즈네는 알아차린 모양이었다. 그건 그럴 테다. 허질과학에 종사하는 사람이라면 분명 한 번은 같은 생각을 했을 테니 말이다.

"나는 계속해서 시간이동을 연구하고 있어."

안경 너머로 가느다란 눈을 동그랗게 뜬 가즈네는 할 말을 잃은 듯해 보였다.

한때 픽션에서만 존재했던 평행세계가 현실이 된 이 시대에도 시간이동은 여전히 완전히 픽션의 영역인 상태였다. 그것을 대단히 진지하게 연구하고 있다는 소리를 들으면 그런 반응이 나오는 게 당연하다.

"과거로 돌아가서 바꿀 거야. 그게 지금의 내 목표야."

자칫하면 제정신인지 의심받을 수준의 발언이었다. 하지만 가즈네의 반응은 남달랐다.

"대단해."

"응?"

"역시 넌 대단해, 고요미. 평행세계에 대해서 연구하나 했더니 한발 앞서서 시간이동이라니."

가즈네의 눈이 초롱초롱 빛나기 시작했다. 그건 미지에 대한 호기심의 빛이었다.

"시간이동 연구에 예산은 안 내려오지 않아?"

"응. 그래서 평행세계 연구로 내려온 예산으로 시간이동 연구를 하고 있어. 들키면 단순히 잘리는 걸로 끝날 문제는 아니지."

"비밀 연구라는 거네. 좋아, 재밌겠네. 나도 거들어줄게. 그리고 꼭 고요미보다도 먼저 시간이동 방법을 찾아 보이 겠어."

"……언젠가 부탁하게 될지도 모른다고는 생각했지만 설마 오늘 갑작스럽게 하게 될 줄이야."

일이 이렇게 됐다면 이제 생사를 함께하는 수밖에 없다. 게다가 나에 대한 가즈네의 경쟁 의식은 좋은 쪽으로 작용 할지도 모른다. 자신이 제일 먼저. 그런 생각은 연구자에게 의외로 중요한 법이다. 투쟁심이 낳은 성과가 이 세계에는 얼마든지 있다.

"최근까지 허질과학에서 시간이동은 불가능하다고 여 겨지고 있잖아……. 그 이유는 물질의 수직이동은 허질의 벽을 넘어야 하기 때문인데…… 아니, 하지만 이건 모델의 문제니까 새로운 모델을 고안해내면……. 아, 이러고 있을 때가 아니야. 고요미, 나 집에 갈게."

"응? 괜찮아? 아직 취했잖아."

"술기운은 모조리 달아났어."

"바래다줄까?"

"괜찮아, 택시 타면 되니까. 얼른 돌아가서 생각을 정리하고 싶어. 내일 봐."

그렇게 말한 가즈네는 내 대답도 기다리지 않고 성큼성큼 걸어갔다. 조금 전까지 술에 잔뜩 취했던 것이 거짓말인 양 야무진 걸음걸이였다.

도중에 한 번 멈춰서 이쪽을 돌아보았다.

"시오리 씨였나? 안부 전해줘."

그 말을 남기고 이번에야말로 돌아보지 않고 사라졌다.

뒤에 남겨진 내 귀에 시오리의 작은 목소리가 들려왔다.

— ······재미있는 사람이네.

"그러네."

— 고요미의 여자 친구야?

나는 반사적으로 시오리를 노려보았다.

"아니야."

— ······눈이 무서워.

"미안. 하지만 그럴 리가 없잖아. 나한텐 너뿐이야."

내 말을 들은 시오리는 기쁜지 슬픈지 알 수 없는, 처량한 미소를 지었다.

— 고마워……. 하지만 이젠 괜찮아.

듣고 싶지 않았던 말을 나한테 던졌다.

— 잘은 모르겠지만…… 이미 시간이 많이 흘렀지? 고요미, 이젠 완전히 어른이잖아.

시오리의 모습은 여전히 그 시절 그대로였다. 여전히 열네 살인 채였다. 그렇다면 알맹이도 그런가 하면 그렇지도 않았고, 그렇다고 해서 성장한 것도 아니었다.

세월이 흐르면서 시오리의 의식이나 감정은 조금씩 옅어지고 있는 것 같았다.

표정도 옛날처럼 휙휙 바뀌지 않았다. 알 듯 모를 듯할 미소만 지을 뿐 울거나 화를 내는 일도 사라졌다. 어쩌면 당연할지도 모른다. 10년 이상이나 홀로 교차로에 계속 서 있으니 말이다. 그럼에도 인간다운 감정을 계속 유지하는 건 당연히 무리일지도 모른다.

— 저기 고요미…… 이제 괜찮아. 나 때문에 고요미가 쭉 혼자 있는 건…… 싫어.

"혼자가 아니야. 나는 날 위해서 너랑 같이 있는 거야."

— ……그건 고마워. 기뻐……. 그치만…….

"무슨 그치만이야. 약속했잖아. 난 널 꼭 구할 거야. 그러기 위해서 살아 있는 거야."

— 응…….

시오리에 대한 애처로운 감정이 흘러넘쳐서 울고 싶어졌다. 시오리를 끌어안고 싶지만 물질을 소유하지 못한 허질뿐인 시오리를 끌어안을 수는 없었다. 손조차 잡을 수 없다. 그게 답답하고 화가 나서 슬펐다.

"부탁이니까 이제 괜찮다는 소리는 하지 마. 나는 시오리를 위해서, 시오리만을 위해서 살아가고 싶어. 방법을 꼭 찾아낼 테니까 날 믿어줘."

— 응……. 고마워, 고요미…….

유령인 시오리가 나를 향해 손을 뻗었다. 나는 그에 내 손을 포개었다. 손은 닿지 않고 통과했지만 말이다.

손바닥으로 느껴지는 따스함을 기분 탓이라고는 생각하고 싶지 않았다.

○

다음 날부터 가즈네라는 우수한 라이벌이자 동료를 얻은 나는 지금까지 이상으로 의욕적으로 시간이동에 대한 연구에 임했다.

가즈네와는 연구실에서뿐만 아니라 때로는 공원에서,

때로는 찻집이나 노래방, 서로의 집이나 소장이 추천한 백반집에서 오로지 허질과학과 시간이동에 대해 이야기를 나누고 의견을 주고받았다.

우리의 열의는 본래 하던 평행세계 연구에도 다양한 부차적인 성과를 남겨서 나와 가즈네의 연구소 내의 지위는 갈수록 올라갔다. 그렇게 되자 지금까지 자유롭게 사용할 수 없었던 기재도 사용할 수 있게 되어 시간이동에 대한 연구는 더욱 진척되었다.

그러면서도 나는 매일같이 교차로를 다니며 시오리와 이야기를 나누었다. 가끔은 가즈네가 따라와서 나를 통해 시오리와 대화를 나누기도 했다.

연구 시간도, 시오리와 보내는 시간도 늘 충실했다.

하지만 결국 시간이동의 수단은 여전히 발견하지 못했다.

시오리의 시간만을 교차로에 내버려둔 채 10년이라는 세월이 더 흘렀다.

○

"자아, 맥주."

점장이 카운터에 맥주잔을 올려놓았다. 나는 잔을 들어 한 모금씩 천천히 마셨다. 더 이상 벌컥벌컥 들이킬 나이도 아니었다. 어느새 나도 마흔에 가까워졌다. 눈앞에 있는 자그마한 미소녀 피규어를 바라보며 완성도가 높다는 생각을 했다.

이곳은 10년쯤 전에 소장이 추천한 백반집 2층에 있는 바였다. 가게 안은 역시 애니메이션 포스터나 피규어 천지였다. 그날로부터 나와 가즈네는 이러니저러니 해도 아래층의 백반집을 애용하게 되었고 얼마 지나지 않아 이 바에도 다니게 되었다. 지금은 이미 완전히 단골이었다. 점장도 요리사도 요 10년간 한 번도 바뀌지 않은 채 잘 운영되고 있었다.

"히다카 씨, 오늘은 표정이 어둡네."

"연구가 잘 안 풀려서. 역시 기운이 조금 빠지긴 하네."

그로부터 10년. 허질과학은 발전했고 평행세계에 대한 연구는 비약적으로 진보했다.

소장이 만든 IP 캡슐이 실용화되어 임의의 평행세계로 시프트할 수 있는 '옵셔널 시프트'가 각 평행세계 사이에서 정보의 병렬화를 실현시켰다. 그로 인해 세계는 하나의 거대한 양자 컴퓨터처럼 되었다. 그 결과 마침내 허질소자를 직접 관측할 수 있게 되어 그것이 연구에 다양한 돌파구를 가져왔다.

우선 나와 가즈네가 밝혀낸 것은 나한테만 시오리가 또렷하게 보이고 목소리까지 들리는 이유였다.

허질소자를 직접 관측하는 일은 물질을 잃은 시오리의 허질문을 측정할 수 있게 했다. 그렇게 측정된 허질문과 나의 허질문을 비교한 결과 일부분이 완전히 일치했다. 이건 아마도 시오리와 둘이 IP 캡슐에 들어가 평행세계로 건너갔을 때 어떤 작용으로 나와 시오리의 허질의 일부가 동화되었기 때문이라고 예상했다.

그래서 나한테만큼은 시오리의 유령이 또렷하게 보이고 목소리도 들린다. 그 사실을 알았을 때 나와 시오리의 내부에 서로가 있는 것 같아서 무척이나 기뻤다.

참고로 연구 과정에서 계속 비밀로 할 수 없어서 결국 나는 시오리의 허락을 받고 우리 두 사람의 관계를 전부 가즈네에게 이야기했다. 그때 가즈네는 그럴 줄 알았다며 무미건조한 반응을 보였다.

IP 단말기도 완전히 일반화되었다. 지금은 어린아이가 태어났을 때부터 IP를 측정하고 그것을 0의 세계로 등록한 웨어러블 단말기를 착용할 의무가 있다. 요즘 시대에는 누구나 당연한 듯 평행세계의 존재를 인식하고 있었다.

아빠가 연구하던 IP 잠금도 완성되었다. 대상의 허질을 계속 관측함으로써 허질소자의 상태를 고정시켜 패러렐 시프트가 일어나지 않도록 하는 장치였다. 이것은 주로 결혼식처럼 인생에 중대한 이벤트가 열릴 때 갑자기 시프트하는 것을 방지하거나 범죄자가 옵셔널 시프트로 평행세계로 건너가는 것을 막기 위한 용도로 사용되었다.

이처럼 이제 허질과학은 일상과 떼려고 해도 뗄 수 없었다. 그 중요성을 인식한 정부는 평행세계에 관한 몇 가지 법을 정비해서 내각부에 허질기술청을 신설했다. 그 영향으로 우리 연구소는 독립 행정법인화하여 '국립연구개발법인 허질과학연구소'로 재출발했다. 소장과 부소장은 여전히 엄마와 아빠였지만, 두 사람 모두 슬슬 정년에 가까워졌다. 정년 후에도 연구를 멈추는 일은 없겠지만 지위 자체는 후진에게 물려줄 생각인 모양인지 이대로 가면 소장은 나, 부소장은 가즈네가 될 것 같았다.

허질과학은 눈부시게 약진했지만, 결국 시간이동을 할 방법은 여전히 찾지 못했다.

뭔가, 뭔가 중요한, 그러면서도 아마도 굉장히 단순한 것을 빠뜨리고 있다. 그런 느낌이 몹시 들었다. 발상을 방해하는 것은 늘 상식이었다. 나도 가즈네도 상식의 벽을 완전히 깨부수지 못했다.

하지만 그게 무엇인지를 알 수 없었다. 초조함에 몸을 맡긴 채 나는 맥주를 단숨에 들이켰다.

"이제 젊지 않으니까 원샷은 하지 않은 편이 좋을 거야."

점장이 쓴웃음을 지으며 텅 빈 잔을 치웠다. 좀 과음했나. 뭔가 다른 걸 주문하려고 메뉴판을 펼쳐보았다.

대충 훑어보는데 낯선 이름이 문득 눈에 띄었다.

"점장, 여기 기네스도 있었어?"

기네스란 아일랜드산 흑맥주를 말한다. 현지에서는 매일같이 마시는 모양이었다.

"응, 손님 요청으로 들여놨어. 마신 적 있어?"

"젊은 시절에 몇 번인가 마셔봤어. 오랜만에 마셔볼까."

"자, 여기."

점장은 카운터에 빈 맥주잔을 놓았다.

"맥주는?"

"지금부터 부을 거야. 재밌을걸."

히죽히죽 웃으면서 점장은 기네스의 병뚜껑을 땄다. 그리고 잔 위로 기울여 힘차게 내용물을 쏟아 부었다. 흑맥주는 따르자마자 거품이 되어 잔 안이 거품으로 가득 찼다.

하지만 그 직후 기묘한 현상이 일어났다.

바닥에 점점 쌓이는 흑맥주. 맥주의 수위가 올라감에 따라 당연히 거품은 위로 떠오를…… 터인데.

거품이 잔 안에서 힘차게 가라앉고 있었다.

나는 밍하니 '거품이 가라앉는' 현상을 바라보고 있었다. 눈앞에서 지금 뭔가 터무니없는 일이 일어나고 있는 듯한 감각을 맛보면서 말이다.

"……점장, 이건."

"재밌지? 기네스 폭포라고 한대. 원리는 모르겠지만."

침착하게 생각해보면 간단했다. 거품이 바닥에서 떠오를 때 그 거품에 부딪친 맥주도 밀려 올라가 상승한다. 이건 맥주에 점성이 있기 때문이다. 그러나 맥주는 거품을 넘어설 만큼 상승하지는 않기 때문에 잔의 가장자리 부분에서 소용돌이가 되어 잔 안쪽 표면을 따라 하강한다. 그러면 이번에는 점성으로 인해 거품이 맥주에 눌려 맥주와 함께 하강해가는 것이다. 이로 인해 잔 중앙 부분에서는 거품이 상승하고 잔 안쪽 표면에서는 거품이 하강하는 상태가 완성된다. 이 장면을 유리컵 밖에서 보면 거품이 가라앉는 것으로만 보이는 것이다.

아니, 실제로 일부 거품은 가라앉고 있었다.

"맥주의 점성…… 거품…… 허질, 그래, 허질 점성이라는 개념……. 거품의 부력…… 허질 밀도…… 바다의 허질과 거품의 허질……. 허질의 점성과 허질의 부력……. IP의 관측……. 고쳐 쓰기…… 고정화……."

"히다카 씨? 무슨 일이야?"

이거다.

찾았다.

이게 나와 가즈네가 간과하고 있던 부분이다. 깨부수어야 했던 상식의 벽이었다. 즉, '거품은 가라앉는다'.

○

안절부절못한 채 계산을 마치고 가게를 뛰쳐나와 가즈네에게 바로 연락했다.

이미 10시가 넘었지만 다행히 가즈네는 아직 연구소에 있었다. 참고로 둘 다 여전히 독신이었다. 나는 어찌되었거나 가즈네한테는 몇 번이나 기회가 있었지만 결국 연구를 우선시해서 여기까지 오고 말았다. 마흔에 가까워진 연구직이 지금부터 결혼 상대를 찾는 것은 역시 간단한 일이 아닐 테다. 가즈네는 어떤 의미에서 나보다 더 연구에 미친 연구자였다.

하지만 지금은 그런 가즈네의 존재가 고마웠다. 택시를 타고 달려서 연구소로 향했고 가즈네와 둘이서 연구실에 틀어박혔다.

"왜, 무슨 일 있어?"

어딘가 미심쩍은 시선을 보내는 가즈네에게 나는 단도직입적으로 답했다.

"찾았어. 시간이동 방법을."

가즈네가 눈을 휘둥그렇게 떴다.

우리가 10년간 쭉 계속 쫓아왔지만 손쓸 수 없었던 것. 그것이 이렇게 평범한 날에 갑자기 풀리다니. 보통은 믿지 못할 것이다.

"설명해봐."

하지만 가즈네와는 친분을 쌓은 지 오래였다. 시오리의 일에 관해서는 내가 절대로 농담을 하지 않는다는 사실을 그녀는 이미 알고 있었다.

"미안. 발견했다고 해도 단순히 아이디어를 포착했을 뿐이야."

나는 여전히 잘 정리되지 않는 생각을 갈무리하면서 천천히 말했다.

"아인즈바하의 바다와 거품. 세계의 거품은 바다 위로 떠오르지. 이게 미래로 나아간다는 거잖아. 그렇다면 과거로 돌아가기 위해서는 바다에 가라앉으면 돼."

"모델 레벨에서는 그렇지. 그런 건 제일 먼저 이야기했잖아. 거품은 가라앉지 않아. 가라앉히려고 한다면 거품에 추라도 다는 수밖에 없지만 그런 짓을 하면 거품은 순식간에 터질 거야."

"아니야, 가즈네. 거품은 가라앉아. 어떤 일정한 조건만 갖추면 돼."

"무슨 소리야?"

"점성이야. 기네스라는 맥주 알아? 그 맥주는 점성이 높아서 거품이 작아. 액체의 점성이 거품의 부력을 상회할 때 그곳에 소용돌이를 만들어서 하강류를 일으키면 점성에 눌려서 거품은 가라앉을 거야."

"그러니까 그건 물리 모델에서의 이야기잖아? 그런 사고 실험이라면 얼마든지 할 수 있어. 문제는 그걸 허질 공간에서 일으킬 수 있느냐는 거잖아."

"가능해. IP 캡슐이랑 IP 잠금을 개량해서 응용하면."

우리에게 이미 친숙한 장치의 이름이 나오자 가즈네의 표정이 달라졌다. 부정하는 단계에서 고찰하는 단계로 생각을 전환한 것이다. 그것을 확인하고 나는 마침내 구체적인 수단을 설명하기 시작했다.

"우선 IP 캡슐 기능을 확장해서 시간이동을 하는 상대의 허질에 외압을 걸어 허질량을 압축시키는 거야. 다음으로 IP 잠금 기능을 확장해서 작아진 허질을 고정시키는 거지. 그쯤에서 주변 허질 공간의 IP를 바꿔 써서 작은 소용돌이를 만들어 하강류를 발생시키면 질량이 작아진 허질 부력은 공간의 허질 점성에 못 이겨서 바다로 가라앉기 시작할 거야."

가즈네는 내 설명을 아무 말 없이 머릿속으로 빠르게 소화했다.

"……이론적으로 말하자면 가능할 것 같네. 문제는 캡슐이든 잠금이든 정말 그렇게 개량할 수 있을까 하는 거지만."

"그게 우리가 지금부터 해결해야 할 연구 과제야. 허질 공간을 직접 관측할 수 있게 된 지금, 절대로 불가능한 이야기는 아니야."

"참 나……. 또 10년이 걸릴 일이잖아."

가즈네는 어깨를 으쓱했다. 그건 승낙한다는 표시였다.

"하지만 문제는 아직 있어. 가령 그것들이 잘된다고 하더라도 그래서 어떻게 시오리 씨를 구한다는 거야?"

그렇다. 내 최종 목적은 그것이기에 시간이동을 할 수단을 발견하는 것만으로는 끝이 아니다. 그것을 사용해서 어떻게 시오리를 구할 것인가가 문제였다.

당연히 내 머릿속에는 이미 대강의 계획이 세워져 있었다.

"이 방법으로 가라앉은 거품은 맥주와 달라서 다시 떠오르지 않아. 부력과 점성이 조화가 된 지점까지 오로지 과거 방향으로 가라앉을 거야. 여기서 중요한 건 시오리가 행복한 세계의 IP를 미리 찾아둬서 딱 그 세계와의 분기점까지 가라앉도록 면밀한 계산을 해서 거품을 압축시키는 거야. 이게 잘되면 그 분기점까지 가라앉은 시점에서 원래의 거품은 정지되고 분열 전의 거품과 융합할 거야. 그 시점에서 원래 거품의 IP는 바꿔 써질 거야. 그렇게 되면 허질량도 정상으로 돌아와 부력을 되찾을 거고 융합한 거품으로서 그 세계는 미래 방향으로 떠오르기 시작하겠지. 나머지는 평범하게 그 세계를 살아가면 돼."

눈을 감고 내 이야기를 듣고 있던 가즈네는 잠시 침묵한 후에 천천히 눈을 뜨고 그 가느다란 눈으로 안경 너머 나를 노려보았다.

"그건 요컨대 이 세계에 몸만 두고 허질만 과거 분기점으로 돌아가 그곳에서 다른 세계와 융합해서 그 세계를 다시 산다는 뜻이야?"

"그런 거겠지."

"그럼 이쪽 세계에 남겨진 육체는 어떻게 되는 거야?"

"평행방향이 수직방향으로 바뀌는 것뿐, 일어나는 일 자체는 허질소자핵분열증이랑 마찬가지야. 물질이 육체라면 허질은 영혼이야. 영혼이 사라진 빈껍데기인 몸…… 뭐, 뇌사 상태에 빠지겠지."

아무 감정도 없이 사실만을 말했다. 그런 내 태도에 가즈네가 인상을 찌푸렸다. 아무래도 조금 전부터 불쾌한 것 같았다.

"그렇게 된 널 누가 돌보는데?"

"몰라."

"남겨진 너희 아버지와 어머니의 심정은?"

"아무래도 상관없어."

가즈네의 표정이 점점 험악해졌다. 그 마음도, 하고 싶은 말도 모르는 건 아니다. 그렇게까지 인간성을 잃은 건 아니니까.

하지만 어쩔 수 없지 않은가.

진심으로 아무래도 상관없다는 생각밖에 들지 않았다.

"시오리를 불행하게 만든 이런 세계는 이제 어떻게 되든 상관없어. 나는 시오리가 행복해질 수 있는 평행세계로 이 세계의 시오리의 허질을, 영혼을 데리고 도망칠 거야. 나중의 일은 몰라."

이제 그것만이 내가 살아가는 의미였다. 이 세계의 시오리가 행복해질 수 없는 세계에는 이미 미련이 없었다. 우리는 둘이서 도망칠 테니 나머지는 모두가 원하는 대로 행복해지기를 바랐다.

내 안에는 일말의 망설임도 없었다. 순수하게 진심으로 그렇게 생각하고 있었다. 이 생각을 뒤집는 것은 시오리가 육신을 가지고 되살아나지 않는 한 말도 안 되는 일이었다.

그 사실을 이해했는지 가즈네가 한숨을 깊이 쉬고 말했다.

"……일단 타임 패러독스에 대한 질문이야. 네가 과거로 사라질 경우 이 세계에 네가 있음으로써 일어난 모든 현상이 사라지진 않을까?"

"허질과학은 그 가능성을 부정하고 있어. 나란 인간은 연필 한 자루에 불과해. 선을 그은 후에 연필을 부러뜨려도

선은 사라지지 않아."

"또 한 가지. 그 방법으로 다른 세계의 자신과 합류했을 경우, 너나 시오리 씨의 허질은 평행세계의 허질과 융합할 테니 기억이나 인격은 분명 남지 않을 거야. 과거로 거슬러 올라간 만큼 사라져서, 합류하면 나머지는 이제 다른 세계의 자신에게 맡기는 수밖에 없어."

"그걸로 됐어. 나한테 시오리는 이 세계에서 만난 시오리뿐이야. 그 시오리를 불행하게 만든 나를 용서할 수 없어. 불행하게 만든 만남을 용납할 수 없고, 시오리가 행복해질 수 없는 이 세계를 용납할 수 없어. 그래서 이 세계의 나와 시오리의 영혼이 다른 세계에서 다시 시작할 수 있다면 그걸로 됐어."

"너 미쳤구나."

"그럴지도 모르지. 꺼림칙하면 하차해. 여기서부턴 나 혼자 할게."

그건 내 본심이었다. 본래 가즈네는 내 개인적인 연구를 쭉 거들고 있었을 뿐이기 때문에 언제든지 빠질 권리가 있다.

하지만 가즈네의 반응은 예상 밖이었다.

"안 빠질 거야. 너 혼자 하면 몇십 년이 더 걸릴지 모르니까."

가즈네의 표정에 조금 전과 같은 표독스러움은 없고 오히려 씌었던 악령이라도 나가떨어진 듯 후련해 보였다. 뭐지, 좀 더 나를 설득하거나 매도하거나 어쩌면 때릴지도 모른다고 생각했는데.

"그런데 문제는 여전히 있잖아? 시간이동에 IP 캡슐을 사용하면 넌 가도 시오리 씨는 못 가. 육체가 없는 데다 허질은 교차로에서 이동할 수 없으니까. 너만 다른 세계로 가면 의미가 없잖아?"

"아…… 아아. 그건 아마도 괜찮을 거야. 나랑 시오리의 허질은 일부 융합돼 있잖아. 그래서 내가 IP로 받은 영향은 시오리도 받을 거야. 내가 시간을 이동하면 시오리의 허질도 따라올 거야. 물론 정말로 그렇게 될지 충분한 실험은 필요하겠지만."

"그렇구나. 그것도 고생 좀 하겠네."

그렇게 말하고 저런저런 하고 고개를 내젓는 가즈네는 이미 완전히 여느 때와 같았다.

조금 전까지 나를 정신 나간 사람 취급하고 있었다고는 도무지 생각할 수 없었다. 조금 의아해져서 나는 솔직하게 궁금증을 털어놨다.

"넌 날 용서하는 거야?"

"용서할 게 뭐 있어. 네가 선택한 네 인생인데."

"……그렇게 말하자면 난 네 인생을 끌어들여서 완전 휘두른 것 같은데."

"그건 내가 선택한 내 인생이야. 그리고 말이지."

그쯤에서 가즈네는 문득 먼 곳을 쳐다보고 "미치도록 누군가를 사랑할 수 있다는 게 부러워"라고 말하고 웃었다.

확실히 가즈네는 누군가를 사랑하는 것처럼은 보이지 않았다.

"그런데 시오리 씨가 행복한 세계는 구체적으로 어떤 세계야? 행복을 정의하는 것도 어려운 것 같아."

"아, 그렇지. 절대적인 행복이라는 건 없다고 생각해. 하지만 적어도 시오리가 이 세계와 같은 불행을 겪지 않을 수 있는 세계의 정의라면 알고 있어."

그 세계까지 시오리의 영혼을 데리고 함께 도망치는 것. 그것이 내가 사는 의미였다.

"흐음. 그 정의란 건 뭐야?"

시오리가 불행해지지 않는 세계의 정의. 그것은 이미 훨씬 예전부터 알고 있었다.

"나와 시오리가 절대로 만나지 않는 세계."

# 막간

시간이동을 실현하기 위해 필요한 여러 가지를 가리켜 가즈네는 10년은 걸릴 일이라고 말했는데, 정말로 10년 후 시간이동을 하기 위한 각 장치를 개량하는 일이 완료되었다. 그로부터 더욱 시간을 들여서 실험을 반복해 마침내 모든 것이 계산대로 이루어지겠다는 확신을 얻었다.

문제는 어떤 세계의 과거로 가느냐 하는 거였다.

SIP. 불가피한 현상의 반경. 어떤 한 가지 현상을 두고 반드시 같은 현상이 일어날 평행세계의 범위를 말했다. 나와 시오리가 만나는 현상의 SIP와 시오리가 허질소자핵분열증에 걸리는 현상의 SIP는 일치했다. 그래서 나와 시오리가 만나는 세계에서는 반드시 시오리는 교차로에서 사고를 당해 유령이 된다.

그렇다면 과거로 가서 합류해야 할 세계는 나와 시오리가 절대로 만나지 않는 세계여야 했다.

나는 옵셔널 시프트로 다시 평행세계를 건너가서 우리가 만나지 않는 세계를 찾기 시작했다.

그러나 금세, 그것을 찾기만 해서는 의미가 없다는 사실을 깨달았다.

○

"미래 예지가 필요해."

"뭐어?"

평행세계에서 돌아온 내 첫 번째 말에 가즈네는 인상을 찌푸렸다.

"미래 예지는 가능할까?"

"논리적으로는 불가능하지 않아. 양자 컴퓨터에 이 세계의 모든 데이터를 입력하면 가능하지 않을까?"

"그거 해줄래?"

"가능할 리가 없잖아. 바보 아냐?"

어처구니가 없다는 듯이 말하면서도 가즈네는 IP 캡슐

에서 나오는 것을 거들어주었다.

"왜 갑자기 그런 소릴 하는 거야?"

"이 방법으로는 무리라는 걸 알았거든."

"왜? 고요미랑 시오리가 만나지 않은 세계가 존재하지 않는다고는 생각하지 않는데."

확실히 그 말은 정답이었다. 하지만.

"바로 지금 다녀온 평행세계에서 있었던 일이야. 그 세계는 확실히 나와 시오리가 만나지 않은 세계였어. 나는 연구소에서 일하고 있었어. 그런데."

나는 입을 다물었다. 그때 받은 충격을 떠올리고 한숨을 쉬었다.

"그런데?"

내가 이야기를 이어나가지 않자 애가 탔는지 가즈네는 조금 깐깐한 말투로 독촉했다. 차로 목을 적시고 간신히 입을 다시 열었다.

"남아 있던 연구원의 부인이랑 딸이 마중을 오면서 먹을거리를 가져왔어. 나와는 첫 대면인지 처음 뵙겠다는 인사를 하더라."

"……그게 어쨌길래?"

가즈네는 감이 오지 않는 것 같았다. 나도 처음에는 그것이 무엇을 의미하는지 알지 못했다.

"즉 이 나이가 되어서도 새로운 만남은 있다는 거야."

내 말을 들은 가즈네는 잠시 생각하더니 눈을 크게 떴다.

그건 나와 시오리가 만나지 않는 세계를 찾겠다는 목적이 한없이 불가능에 가깝다는 사실을 의미했다.

예를 들어 내가 쉰 살이라면 평행세계의 나도 쉰 살이다. 평행세계는 무한하기 때문에 시프트하면 쉰 살인 내가 시오리와 만나지 않은 세계는 얼마든지 찾을 수 있다. 그렇다면 그 세계들 중에서 아무거나 고르면 되지 않을까 생각할지도 모른다.

하지만 그건 아니었다.

만약 쉰 살인 내가 시오리를 만나지 않은 한 세계를 선택해 과거로 이동해서 그 세계와 합류했다고 치자.

어쩌면 쉰한 살 때 시오리를 만날지도 모르지 않은가.

그 가능성을 부정하는 것은 거의 불가능에 가까웠다.

몇 살이든 간에 나는 내가 시오리를 만나는 것을 도저히 용납할 수 없었다. 나와 시오리가 만나면 시오리는 언젠가 반드시 불행해진다. 그것이 내 세계의 진실이었다.

"그렇구나⋯⋯. 그래서 미래 예지라는 말이 나온 거군."

가즈네가 지친 듯 중얼거렸다. 시오리를 만나지 않은 세계는 찾을 수 있다고 해도, 앞으로도 시오리를 만나지 않을 세계를 찾는 것은 미래 예지라도 하지 않는 한 어쩔 도리가 없었다.

"어쩔래? 포기할래?"

하지만 여기까지 와서 포기한다는 선택지는 어림도 없었다.

"찾을 거야."

나는 다시 평행세계로 몸을 던졌다. 존재할지도 모를 방법을 찾아서.

○

그날 시프트한 평행세계에서 나는 여전히 외갓집에 살고 있는 것 같았다.

그리운 마음에 마당에 나가자 한쪽 구석에 흙이 봉긋하게 올라와 있는 부분이 있었다.

유노의 무덤이었다. 설마 내가 쉰 살이 될 때까지도 남아 있을 줄은 생각지도 못했다.

흙 위에 손을 갖다 댔다. 차가웠다. 유노의 온기는 이미 생각나지 않았다.

그때 유노와 시오리가 가르쳐줬던 것을 떠올렸다.

살아 있는 것은 따스하다. 따스함은 유노와 만나거나 이야기하거나 놀거나…… 하는 모든 가능성이 존재한다는 사실을 의미했다.

죽음은 차가웠다. 차가움은 유노의 세계가 그곳에서 끝났고 그곳에는 이미 아무 가능성도 존재하지 않는다는 사실을 의미했다.

그 사실을 떠올린 순간 번개를 맞은 듯한 충격이 온몸을 가로질렀다.

원래의 세계로 돌아온 나는 캡슐에서 나오는 시간도 아까워서 가즈네가 뚜껑을 열어주는 순간에 정신없이 말했다.

"찾았어! 나랑 시오리가 만나지 않는 평행세계를 찾을 방법을!"

가즈네는 당황하면서 진정하라고 내 어깨를 두드렸다. 그리고 차를 가져다줬지만 그것을 마셔도 내 흥분은 가라앉지 않았다.

"가즈네, 들어봐. 이번에야말로 찾았어."

"알겠어. 무슨 방법이야?"

"우선 나랑 시오리가 만나지 않는 세계를 몇 군데 찾는 거야. 그리고 그 세계들을 몇 년이고 몇십 년이고 계속 감시하는 거지."

"몇십 년이나? 왜?"

그건 가능성을 제거하기 위해서다. 가능성의 온도가 사라지기를 기다리기 위해서. 그건 즉.

"그 세계의 내가 죽어가기를 기다리는 거야."

가즈네는 할 말을 잃었다.

"수명이 다해서든 병에 걸려서든 사고를 당해서든 뭐든지 좋아. 어쨌거나 내가 시오리를 만나지 않은 채 죽기를 기다리는 거지. 그러면 분명 그 세계는 합격이야. 그 세계의 과거로 이동해서 합류하면 나는 시오리와 만나지 않고 죽음을 맞이할 거야. 만에 하나 그 이후에 만난다 해도 그 정도쯤 되면 역시 시오리를 불행하게 만들 일은 없지 않을까? 만나더라도 바로 나는 죽을 테니까."

가즈네의 반응을 살펴보지도 않고 마구 지껄여댔다. 내 생각은 논리적일까? 엉망진창이지 않을까? 그것을 판단할 이성을 나는 아무래도 잃은 것 같았다. 이게 나이에 맞는 생각인지, 아니면 나만의 특수성인지 그것도 알 수 없었다.

"저기 어때, 가즈네? 이거라면……."

나는 마침내 가즈네의 얼굴을 보고 가즈네가 몹시 안쓰러운 표정으로 나를 보고 있다는 사실을 깨달았다.

왜지? 어째서 그런 표정을 짓는 거야. 이런 대단한 방법을 생각해냈는데.

"가즈네, 지금부터 또 길어질 테지만…… 협력해줄 거지?"

내가 부탁할 수 있는 상대는 이미 가즈네밖에 없었다. 가즈네가 거절하면 여러모로 곤란했다.

내 부탁에 가즈네는 고개를 숙이고 "이제 와서 내팽개칠 리가 없잖아, 바보"라고 말해주었다.

○

그때부터 나는 무한의 평행세계를 건너가서 몇몇 세계를 감시 대상으로 선택했다.

의식한 것은 아니지만 내가 선택한 모든 세계에는 시오리와 만나지 않는다는 사실 외에 한 가지 공통점이 있었다.

친구거나 연인이거나 부부거나 숙적이거나 그 형태는 저마다 달랐지만 내가 선택한 세계에서는 반드시 어떤 형태로든 내 곁에 가즈네가 있었다.

이 세계에서도 내게 힘이 되어주고 있는 가즈네. 처음에는 나에 대한 적개심을 불태우고 반드시 이겨 보이겠다고 씩씩댔지만 결혼도 하지 않은 채 결국 마지막까지 내 곁에서 내 광기를 계속해서 긍정해준 가즈네.

이 세계에서 가즈네는 공동연구자이자 라이벌이자 그리고 지금은 유일한 벗이라고 해도 좋을 상대였다. 하지만 가즈네가 사실은 대체 어떤 생각으로 내 연구를 거들어주고 있는지 나는 모른다. 나는 머리가 좋은 편이라고 생각하지만 가즈네에 대해서만큼은 시간이 아무리 지나도 이해할 수 없을 것 같았다.

정말로 의식한 건 아니지만…… 나는 무의식적으로 그런 가즈네가 곁에 있어주는 세계를 선택했을지도 모른다. 이건 이쪽 세계의 가즈네에게는 죽을 때까지 비밀로 간직할 생각이다.

그로부터 나는 20년 이상의 시간 동안 평행세계를 계속해서 감시했다.

그런 나날에 버팀목이 되어준 건 교차로에 가면 그날과 다름없는 모습으로 늘 나를 맞이해주는 시오리의 미소였다. 몇십 년 동안이나 나는 매일매일 교차로를 다녔고 시오리의 유령과 계속해서 이야기했다. 이미 낮이건 밤이건 상관없었다. 사람들이 보는 것도 신경 쓰지 않게 되었다.

물방울을 핥으며 모래 강을 건너는 듯한 길고 무미건조한 시간이 흘렀고 마침내 어떤 세계의 내가 죽음을 선고받았다.

일흔셋. 암, 여생은 6개월.

6개월은 아직 길었다. 만약을 위해서 나는 그 세계의 내가 죽는 시기를 좀 더 기다렸다.

그리고 7월. 계산상으로 남은 시간이 한 달쯤 되었다.

물질로서의 내가 죽을 경우 보통은 그 세계의 자신을 구성하는 허질도 동시에 소멸하기 때문에 자신이 죽은 평행세계로는 시프트할 수 없다. 과거로 건너갈 경우에도 그렇게 될지는 모르지만, 일단 과거로 돌아가서 시험해보지 못하는 이상 자신이 죽은 세계의 과거로는 갈 수 없다고 생각해야 하지 않을까.

죽음 선고라는 것은 선고받은 기간대로 정확한 시점에 죽는 것이 아니다. 그 이후에도 오래 살 가능성도 있고 훨씬 빨리 쉽게 죽을 수도 있다. 그렇게 생각하면 그 세계의 내가 암으로 죽어버리면 모든 것이 헛수고가 될지도 모르기 때문에 이 정도 시기가 한계라고 판단했다.

그리고 결정했다.

평행세계의 내가 죽음을 한 달 앞둔 그날.

나는 시오리를 구하기 위해 과거로 가라앉기로 했다.

단 한 번의 시간 여행. 두 번 다시 돌아올 일은 없다.

나와 시오리가 절대로 만나지 않을, 내가 선택한 그 세계에서 시오리는 나를 만나지 않고 행복한 가정을 꾸리고 있었다. 나는 시오리를 만나지 않고…… 가즈네와 결혼해서 행복한 가정을 이루고 있었다. 시오리 말고 다른 누군가와 결혼하다니 말도 안 된다고 생각했지만, 가즈네라면 상관없다고 생각했다.

실행 날짜를 정하자 새삼스럽게 살아온 인생이 다시 생각났다.

길고 긴 인생이었다.

그리고 아무 의미도 없는 인생이었다.

아내도 없고, 아이도 없다. 내가 무엇을 위해서 이 세상을 살아왔는지 전혀 의미를 찾아낼 수 없었다. 내가 유일하게 사랑했던 사람은 나 때문에 이 세상에서 사라졌다.

하지만 그것도 이제 끝이다.

거품은 가라앉는다.

자아, 세상을 지워 없애버리자.

사랑하는 이가 없는 이 세상 따위는.

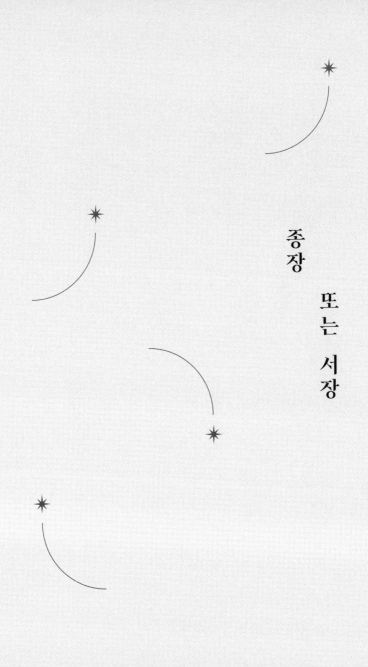

종장 또는 서장

✳

　나지막한 상을 사이에 두고 일흔이 넘은 할아버지와 할머니가 차를 홀짝이는 모습은 다른 사람이 보면 단순히 차를 함께 마시는 친구로밖에 보이지 않을 테다.

　그것도 틀린 건 아니지만, 이 할머니—가즈네는 세상을 지우기 위한 범죄 계획에 동참한 단 한 사람의 공범자였다.

　"내일 부탁해도 될까?"

　"……느닷없네."

　"언제든 실행할 수 있도록 실컷 시뮬레이션 해왔잖아."

　"그렇긴 하지만 정말로 하는 거네."

　"그 이야기도 몇 번이나 했잖아. 그게 내가 살아가는 의미라고. 너한테 폐를 끼친 건 미안하다고 생각해."

"폐를 끼치는 건 아무래도 상관없어. 새삼스러운 소리기도 하고."

"아무래도 꺼림칙하면 말해줘. 다른 사람한테 부탁할게. 젊은 연구원 중에는 하고 싶어 하는 사람도 있겠지."

"그거야말로 관둬. 젊은 친구들한테 그런 위험한 일을 시킬 순 없잖아. 한다면 내가 할 거야. 어차피 살날도 얼마 안 남았으니까."

"넌 백 살까지 살 거야. 왠지 그런 느낌이 들어."

"섬뜩하네."

그렇게 말하고 가즈네는 차를 한번 홀짝였다. 값싼 찻잎을 싸구려 사기 주전자에 탔을 뿐이었다. 나한테는 어울리지만, 분명 평소의 가즈네는 좀 더 고급스런 차를 마시지 않을까. 제대로 된 인간관계를 맺지 않는 나에게 유일한 친구라고 할 수 있는 그녀는 그런 내가 끓인 차가 예상외로 싫지 않은 모양이었다. 그런 괴짜가 던진 한마디였다. 그렇기에 이런 나이가 되어서까지 내가 세운 터무니없는 계획에 동참해주고 있는 거겠지.

"뭐, 됐어. 할 거라면 완벽하게 하자. 내일 근무표는?"

"이거야."

"……그렇군. IP 캡슐은 하루 종일 비어 있는 거네."

"잘 조정해서 비워뒀지. 경비 시스템도 밖에서 끊을 수 있도록 해뒀어. 아무한테도 의심 안 받았어. 높은 자리에도 오를 만하네."

나도 가즈네도 이미 정년퇴직했지만 소장과 부소장을 지냈다는 이유로 일단 정년 후에도 연구소에 자유롭게 출입할 수 있었다. 신뢰할 수 있는 우수한 이들에게 뒤를 맡겼지만, 그럼에도 여전히 우리만 아는 노하우가 있어서 객원 연구원 같은 형태로 지금도 실험 설비를 이용하고 있었다. 물론 이런 목적을 위해서 오랜 시간에 걸쳐 쌓아온 포석이었다.

"그래서 내가 할 일은 계획대로야?"

"응. 변경된 건 전혀 없어."

"네가 어떻게 될지도?"

"임상 실험은 안 했으니 정확하게는 말 못하지만 뇌사 상태에 빠지겠지. 장기기증 카드도 유언도 준비해뒀어. 걱정하지 마."

담담히 말하는 나에게 가즈네는 안쓰러운 시선을 보냈다. 기본적으로는 심성이 고운 인간이다.

"일흔이 넘은 노인의 장기를 누가 쓰겠어."

지금도 그렇다. 나한테 죄책감을 안겨주지 않기 위해서

그런 못된 소리를 했다.

그런 그녀에게 이런 역할을 부탁하는 건 역시 조금 양심에 찔렸다. 하지만 우선순위의 문제였다. 가즈네에게, 아니다른 누군가에게 민폐를 끼쳐서라도 나는 시오리의 영혼을 구하고 싶다. 이미 그것만이 나라는 사람이 존재하는 의미다.

나와 가즈네는 시간을 들여 계획을 최종 확인했다. 실패는 용납되지 않는다는 것보다도 실패하면 무슨 일이 일어날지 모른다. 동물을 이용한 실험에서는 성공 여부를 판단하기 어려웠고, 그렇다고 해서 인체 실험을 할 수도 없었다. 그래서 우리가 내일 하는 일은 자신의 몸을 사용한 최초이자 최후의 인체 실험이었다. 이론적으로는 반드시 잘될 거라고 확신할 수 있는 단계였지만, 현실은 이론대로 흘러가라는 법이 없다.

계획을 대강 다 확인하고서 그녀는 미지근해진 차를 한모금 마시고 한숨을 작게 쉬었다.

"……나, 살인범이 되는 거네."

"아냐. 몇 번이나 설명했잖아."

"그래, 엄밀히 말해서는 아니지. 하지만 내가 하는 행동때문에 네 몸이 뇌사 상태에 빠지는 건 분명하잖아. 그걸 내가 어떻게 생각하느냐가 문제지."

"……꺼림칙하면 다른 녀석한테……."

"할 거야. 몇 번이나 말했잖아. 하게 된다면 내가 한다고."

"……미안."

"사과할 바엔 그만둬줬으면 좋겠지만 뭐어, 됐어. 그리고 차가 미지근해."

그녀의 말대로 뜨거운 차를 더 부어주었다. 터무니없는 부탁을 하는 건 이쪽이다. 이 정도 부탁이라면 얼마든지 들어줄 수 있다.

하지만 그렇다 치더라도.

화상을 입을 만큼 뜨거운 차를 태연하게 홀짝이는 가즈네를 보면서 나는 지금까지 굳이 묻지 않았던 것을 결국 물어보기로 했다.

"왜 이렇게까지 도와주는 거야?"

가즈네는 잔을 놓고 요란하게 한숨을 쉬고 말했다.

"연구자로서의 지적 호기심 때문이야. 승부는 내가 졌어. 결국 이 방법을 생각해낸 건 너였으니까 말이지. 거품이 가라앉는 건가. 나도 보고 싶어."

"……그렇구나."

거짓말은 아닌 것 같았다. 하지만 진심을 숨기고 있는

것 같았다. 그 증거가 될지는 모르지만 상대의 눈을 늘 똑바로 바라보고 이야기하던 가즈네가 지금은 눈을 전혀 마주치려고 하지 않았다.

그렇다면 그걸로 된 거겠지. 나는 내 이기심을 위해서 가즈네를 끌어들였다. 가즈네는 가즈네가 원하는 대로 생각하는 바를 실행하면 된다.

"여기까지 오는 데 오래 걸렸네."

"아…… 정말 오래 걸렸어."

"솔직히 포기하고 싶을 때 없었어?"

"없었어. 포기했으면 그쯤에서 내 인생은 끝났을 거야."

"그래…… 그렇겠지. 넌 그랬을 거야. 나는 이해하기 힘들지만."

감회가 깊은 듯 가즈네가 고개를 끄덕였다. 하지만 이해할 수 없는 건 나도 마찬가지였다. 나는 결국 마지막까지 가즈네와의 거리조차 가늠할 수 없었다.

"나는 지금도 널 잘 이해 못하겠어. 결국 결혼도 안 하고 지금까지 거들어주다니."

"쓸데없는 간섭이야, 피차 마찬가지잖아."

"음…… 그런가."

듣고 보니 그 말이 맞았다. 괜한 간섭이었고 남 이야기를 할 처지가 아니었다. 분명 나도 가즈네도 어딘가 남과 다르다는 걸 테다.

"……그럼 오늘은 이만 돌아갈게. 혹시 무슨 일 있으면 연락해."

"아, 나도 나갈 거니 같이 가."

채비를 마치고 가즈네와 둘이서 집을 나섰다. 둘 다 큰 병에 걸리거나 다치는 일 없이 이 나이가 되어서도 건강한 것만큼은 이 세상에 감사해야 할지도 몰랐다. 집을 나서서 역을 향해 걸어가기 시작했다. 우리 둘은 여전히 지팡이조차 필요치 않았다.

역 앞에 멈춰 서서 가즈네에게 작별을 고했다.

"그럼 나는 이쪽으로 갈게."

"그래. 어디로 가는 거야?"

그렇게 물으면서도 가즈네는 아마 답을 아는 것 같았다.

그래서 나도 솔직히 대답하기로 했다.

"교차로의 유령을 구하러 가."

○

　쇼와 거리 교차로. 이 지방 도시의 중심지를 사등분하는
가장 큰 교차로다.

　당연히 교통량도 많아서 보행자 신호와 차량 신호가 분
리되어 있다. 옛날에는 모든 도로를 건널 수 있는 거대한
육교가 있었던 것 같지만 다리의 기둥 탓에 앞을 훤히 내
다보기 힘들어서 위험하다는 이유로 철거했다고 한다. 오
래된 사진에서 본 그 육교를 나는 무척 좋아했다. 그곳에서
나는 자주 멈춰 서서 위를 올려다보고 육교를 건너가는 내
모습을 상상했다.

　교차로 남서쪽 모퉁이 옆, 공원이라고 부를 만큼 넓지도
않은 일대에 아담한 나무가 심겨 있고, 그곳에 레오타드 소
녀가 있었다. 수줍게 손으로 가슴을 가린 육감적인 소녀의
동상으로 내가 태어났을 적부터 쭉 있었던 것이다. 익숙하
긴 하지만 모델이 누구인지, 어떤 의미가 있어서 이곳에 세
워졌는지 등은 전혀 몰랐다.

　이 교차로에 유령이 출몰한다는 소문이 돌기 시작한 건
이미 50년도 더 된 일이다.

레오타드 소녀 동상이 있는 모퉁이에서 북쪽으로 뻗은 횡단보도, 그 위에 까만 머리를 한 소녀의 유령이 나타났다. 소문에 따르면 리듬체조 대회에 가는 도중에 이 횡단보도에서 사고를 당해 죽은 소녀의 유령으로, 레오타드 소녀의 동상은 그 소녀를 기리기 위해 만들어졌다는 이야기가 있었다.

나는 그것이 누군가가 제멋대로 지어낸 새빨간 거짓말이라는 사실을 알고 있다. 레오타드 소녀와 교차로의 유령 사이에는 아무 관계도 없다.

횡단보도 앞에 서서 왼쪽 손목에 감은 웨어러블 단말기를 확인했다.

모니터 안에는 IEPP라는 글자 아래에 여섯 자리 디지털 숫자가 표시되어 있었다. 정수가 세 자리, 점을 사이에 두고 소수가 세 자리 있었다. 소수 세 자리는 눈으로 쫓을 수 없는 속도로 어지럽게 변해갔지만, 정수 세 자리는 또렷한 숫자를 표시하고 있었다.

그 숫자는 000이었다. 만약을 위해서 확인했지만 IP는 틀림없이 제로인 것 같았다.

나는 지금 아무도 없는 횡단보도를 향해 누군가를 불렀다.

"안녕."

내 부름에 대답하듯이 횡단보도 위에 시오리의 유령이 나타났다.

하얀 원피스를 입은, 길고 곧게 뻗은 까만 머리가 아름다운, 여전히 앳된 티가 남은 소녀.

시오리는 나를 보고 미소 지었다. 이런 나에게 지금도 여전히 이렇게 웃어주었다.

"오랫동안 기다리게 해서 미안해."

시오리가 고개를 살짝 내저었다. 그런 동작 하나하나가 사랑스러웠다.

나는 만감을 담아서 말했다.

"작별할 때야."

내 말에 시오리는 인상을 살짝 찌푸렸다.

그런 표정을 짓게 하는 것도 이제 곧 끝이다. 거품은 가라앉는다.

길고 긴 시간이었다.

모든 과오가 시작된 것은 내가 막 열 살이 되던 무렵이었다.

나는 만나서는 안 되는 상대를 만나고 말았다.

4년 후 시오리는 나 때문에 이 교차로에서 사고를 당해 어디에도 갈 수 없는 유령이 되고 말았다.

그로부터 60년…… 60년이다.

나는 드디어 시오리를 구할 수 있게 되었다.

— ……작별이라니, 무슨 소리야?

인상을 찌푸린 채 묻는 시오리에게 지금부터 무엇을 할지 설명했다.

나는 아인즈바하의 바다에 가라앉아 나와 시오리가 만난 세계와 만나지 않은 세계의 분기점까지 과거로 거슬러 올라간다. 그곳에서 두 사람이 만나지 않은 세계의 나와 융합한다.

나와 시오리는 허질의 일부가 동화되어 있기 때문에 내가 과거로 돌아가면 시오리도 동시에 과거로 돌아간다. 둘이서 이 세계에서 도망쳐 새로운 세계에서는 두 번 다시 만나지 않고 각자 행복한 인생을 살아가는 것이다.

설명을 다 들은 시오리는 슬픈 얼굴을 했다.

— ……더 이상 만날 수 없다니 싫어.

"어쩔 수 없어. 너랑 내가 만난 세계에서 넌 반드시 교차로의 유령이 되고 말아. 널 여기서 구하기 위해서는 나와 넌 만나선 안 돼."

— 싫어…….

"괜찮아. 날 만나지만 않으면 넌 행복해질 수 있어. 이런 곳에서 유령이 되지 않아도 괜찮아."

— 싫어……. 고요미를 못 만난다니 싫어…….

울먹이는 표정으로 시오리는 싫다며 고개를 가로저었다. 그런 시오리를 보고 있으니 나도 가슴이 찢어질 것 같았다.

"시오리…… 이해해줘……."

그로부터 한동안 나와 시오리의 진전 없는 대화가 이어졌다. 이해해줘. 싫어. 어쩔 수 없어. 싫어. 널 구하기 위해서야. 고요미를 다시 보고 싶어. 보고 싶어.

……나도 사실 시오리를 두 번 다시 만나지 못하는 건 당연히 싫었다. 하지만 이대로라면 나는 그리 머지않아 죽고 만다. 그렇게 되면 시오리는 이번에야말로 정말로 이 교차로에서 외톨이가 된다. 아무와도 이야기하지 못하고 나이도 먹지 못한 채 어쩌면 세상이 멸망할 때까지 이 교차로에 계속 머물러 있게 될지도 모른다. 그런 세계는 절대로 인정할 수 없다.

— 하지만…… 보고 싶어.

시오리가 그렇게 간절히 말하자 내 결심도 점점 무너져 갔다.

나도 더 이상 만나지 못하는 건 싫다. 그것도 거짓 없는 진심이었다.

하지만 그러기 위해서 시오리를 계속 유령으로 머물게 하는 선택지는 나한테 없었다.

시오리를 구하고 싶은 나와 시오리를 다시 만나고 싶은 나.

어느 쪽을 선택해야 할지 나도 갈피를 잡을 수 없었다.

……그래서 나는 세 가지 도박을 하기로 했다.

"알겠어, 시오리. 그럼 한 가지 약속하자."

— 약속……?

"응. 우리가 새로 살아갈 세계에서, 지금으로부터 한 달 후인 8월 17일. 난 이 교차로에 시오리를 만나러 올게. 그때 우리, 또 다시 만나자."

8월 17일. 계산상으로는 한 달 남은 생을 넘기고 있었다. 이것이 첫 번째 도박이었다. 평행세계의 내가 그때까지 살아 있을지 그렇지 않을지.

다음으로 과거로 돌아가 새로운 세상을 다시 살면 우리의 허질은 그 세계의 자신들과 융합되어 인격이나 기억은 남지 않을 가능성이 높다. 이게 두 번째 도박이었다. 새로운 세계를 다시 살게 될 우리가 이 약속을 기억하고 있을지, 기억하고 있지 않을지.

그리고 만약 기적적으로 그 두 가지가 이루어져서 건너

편 세계에서 두 사람이 재회했을 경우, 다시 시오리를 불행하게 만들지, 만들지 않을지, 이것이 세 번째 도박이었다. 하지만 이 도박은 원래부터 이번 시간이동에 불가피한 위험 요소로 포함되어 있었다. 여생이 얼마 남지 않은 이 상태라면 다시 만난다 하더라도 더 이상 아무 일도 일어나지 않을 것이다.

최후의 순간에 나는 타협하고 말았다. 시오리를 한 번 더 만난다는 길을 남기고 말았다.

하지만 만약 이 세계에 신과 같은 존재가 있다고 한다면.

그 정도 희망은 허락해줘도 괜찮지 않을까.

— 8월 17일?

"응. 8월 17일."

시오리는 기억하고 있을까. 그날은 시오리가 이 교차로의 유령이 된 날이었다. 그날 만약 내가 교차로에서 시오리를 만날 수 있다면…… 그때야말로 진정한 의미에서 시오리를 구한 게 되는 걸지도 모른다.

"건너편 세계에서 지금으로부터 한 달 후. 우리는 일곱 살까지 거슬러 올라가서 다시 시작할 테니 그로부터 66년 후 8월 17일. 시간은…… 지금 때마침 10시니까 그럼 오전 10시에 이 교차로로 만나러 올게."

— 정말······?

"응. 약속할게."

시오리는 미래를 바라보듯이 눈을 가늘게 떴다.

— ······66년 후······ 너무 기네······.

"그렇지. 하지만 나랑 넌 이미 그만한 시간을 같이 지내 왔어. 그만한 시간을 다시 한 번 더 반복하는 것뿐이야."

같은 시간일 리가 없었다. 이번에 보내게 될 66년 동안 에는 내 곁에 네가 없을 테고 네 곁엔 내가 없을 것이다.

하지만 기다려야만 한다.

"그때까지 이 약속, 기억할 수 있겠어?"

— 응. 안 잊을게. 절대로.

고개를 천천히 끄덕이고 시오리는 당장이라도 사라질 것처럼 아련하게 미소 지었다.

"······그럼 난 이제 가겠지만, 안녕이라고는 안 할게. 다 시 만나자, 시오리."

— 응······ 다시 만나자, 고요미.

웃는 얼굴로 손을 흔드는 시오리에게 나도 미소 지어 답 했다.

그리고 나는 시오리가 있는 교차로에서 등을 돌렸다.

— 고요미.

마지막으로 내 등 뒤에 들리는 목소리는.

— 나, 고요미를 만나서 다행이야.

발걸음을 멈추고 뒤돌아 달려가서 끌어안고 싶어질 만큼.

— 고마워. 정말 좋아해.

내 마음을 부드럽게 파고들었다.


○


이튿날.

나와 가즈네는 만전의 준비를 하고 인적이 없는 허질과학연구소를 찾아가서 IP 캡슐이 있는 시프트룸으로 향했다.

당연히 문은 잠겨 있었기 때문에 사무실로 가서 연구소 내의 각 시설 열쇠를 관리하는 박스를 열었다. 하지만.

"……응?"

"……열쇠가 없어."

키 박스 안에는 아무리 뒤져도 시프트룸 열쇠가 없었다. 룸을 잠근 사람이 주머니에 열쇠를 넣었다가 돌려놓는 것을 깜박하고 집까지 가지고 돌아가는 일은 흔했다.

"이래서는 계획을 실행 못해. 난감하게 됐네."

입으로는 그렇게 말하면서 가즈네는 어딘가 안도하는

분위기를 풍겼다. 이 마당이 돼서도 이 계획에 대해 주저하는 마음을 떨쳐내지 못한 것 같았다.

하지만 나는 그 점에 있어서는 빈틈없었다.

"설마 이걸 정말 사용하게 되는 날이 올 줄은 몰랐네."

나는 주머니에서 열쇠 하나를 꺼냈다.

"그건 뭐야?"

"시프트룸의 비상 열쇠."

내가 열네 살일 적에 시오리네 엄마에게 받은, 시오리가 몰래 만들어둔 시프트룸 비상 열쇠였다. 그때 나는 이 열쇠가 나와 시오리의 행복으로 이어지는 문을 열어줄 열쇠라고 믿기로 했다. 그게 이 순간에 등장하다니 운명을 느꼈다.

"……그렇구나. 그럼 들어가자."

가즈네는 더 이상 아무 말도 하지 않았다. 하겠다고 한 이상 한다. 그런 사람이었다.

나와 가즈네는 시프트룸에 들어가서 장치 조정을 끝냈다. 시뮬레이션은 셀 수도 없이 해왔다. 이제는 실행만 하면 된다.

IP 캡슐에는 이미 몇백 번이나 들어갔지만, 이 나이를 먹고 보니 이젠 안에 들어가서 눕는 것만으로도 벅찼다. 가즈네가 도와줬지만 가즈네도 나와 같은 나이라서 노인인 것은 마찬가지였다. 어떻게든 몸을 안정시키고 가즈네에게 뚜껑을 닫아달라고 했다.

그때 나는 어떤 일이 생각나서 가즈네에게 말을 걸었다.

"가즈네, 우선 평범한 옵셔널 시프트를 한 번 하고 싶어."

"어? 어느 세계로 시프트할 거야?"

"지금부터 과거로 돌아가서 융합할 세계. 그 세계의 현재에 한 번 가고 싶어."

"알겠어. IP는 이대로면 되는 거지?"

"5분 만에 바로 돌아올게."

"알겠어. 그럼 갈게."

가즈네는 완전히 익숙한 손놀림으로 눈 깜짝 할 사이에 시프트 설정을 끝낸 뒤 나에게 마음의 준비를 할 틈도 주지 않고 카운트다운을 시작했다.

"5, 4, 3, 2, 1…… 시프트 온."

눈을 감았다. 캡슐 안에 자기장이 발생하자 아주 조금 따뜻하게 느껴졌다.

그리고 다음 순간ㅡ.

느닷없이 온몸에 고통이 덮쳐왔다.

눈을 떴다. 이미 몇 번이고 방문한 평행세계의 내 방이었다. 이 세계의 나는 하루의 대부분을 환자용 침대 위에서 보내고 있었다.

이 고통은 암의 발작이었다. 지금까지 몇 번인가 맛보았지만, 몇 번을 경험해도 익숙해지질 않았다.

고통을 견디면서 왼쪽 손목을 보았다. 그곳에는 여느 때처럼 이 세계의 내가 사용하는 웨어러블 단말기가 감겨 있었다.

나는 단말기 스케줄 기능을 불러내 일정을 하나 입력했다.

'8월 17일, 오전 10시, 쇼와 거리 교차로, 레오타드 소녀.'

시오리와 약속한 날이었다.

반칙일까? 하지만 이 정도 힌트는 괜찮겠지. 나는 인생의 모든 것과 바꿔서 단 한 번의 소소한 재회를 바랄 뿐이니 말이다.

단말기에 스케줄이 확실히 입력된 것을 확인했다. 이 세계의 나는 기억에도 없는 이 스케줄을 발견했을 때 어떤 생각을 할까. 자신이 입력한 것을 깜빡했다고 생각할지도 모른다. 뭐어, 아무래도 상관없다. 어떻게든 이날까지 살아서 그 교차로까지 가면 그걸로 충분하다.

5분 후 나는 원래의 세계로 돌아왔다. 그러자 유리 뚜껑 건너편에서 무언가 말하고 싶어 하는 표정으로 가즈네가 나를 내려다보고 있었다.

"다녀왔어."

"잘 다녀왔어?"

나와 가즈네를 가로막은 유리를 만지작거리며 가즈네는 말했다.

"건너편 세계에서 온 고요미랑 잠시 이야기했어."

놀랐다. 지금까지 나는 여러 번 건너편 세계로 시프트했다. 대부분 가즈네가 도와줬지만, 가즈네는 고집스럽게 건너편 세계와 엮이려고 하지 않았다. 내가 시프트하는 동안은 이 캡슐 안에 건너편 세계의 내가 있었을 테지만, 내가 돌아올 때까지 단 한 번도 뚜껑을 열지 않고 대화조차 하지 않았다고 했다.

그런 가즈네가 이 타이밍에 건너편 세계의 나와 이야기를 나누었다고 한다. 천하의 가즈네도 지금에 와서 호기심을 억누르지 못했다는 걸까.

"무슨 이야기를 했어?"

"이야기라고 할까, 잠시 인사만 했지만…… 건너편 세계의 고요미, 나를 보고 바로 가즈네라고 불렀어. 이렇게 주름살투성이인 할머니인데."

"응."

"건너편 세계에서도 나, 이런 나이가 될 때까지 너랑 잘 지내고 있나 보네."

"아아…… 응. 그래."

가즈네는 그쯤에서 입을 다물고 조금 곰곰이 생각하는 듯한 모습을 보였다. 평행세계의 나와 가즈네가 어떤 관계인지 신경 쓰고 있을지도 몰랐다. 그러나 바로 표정을 바꾸고 "지금까지는 일부러 안 물었지만…… 이젠 물어도 되겠지" 하고 가즈네는 단호하고도 태연한 모습으로 질문했다.

"고요미, 가르쳐줘. 네가 선택한 세계는 어떤 세계야?"

최종적으로 내가 선택한 세계가 어떠한지. IP 수치로는 알고 있어도 실제로 어떤 세계인지는 전혀 말하지 않았다. 가즈네도 지금까지 한 번도 묻지 않았지만, 역시 궁금하기는 했던 모양이다. 이 세계를 버리고 내가 어떤 세계로 도망치려고 하는지 궁금하지 않을 리가 없다.

자아, 어디까지 말해야 할까. 나는 진지하게 생각했다.

"……건너편 세계의 나는 나 자신을 '보쿠'라고 부르고 있고."

알아.

가즈네의 입이 그렇게 움직이는 것처럼 보였다.

그리고 자신을 '보쿠'라고 부르는 내가 너를 사랑하는 세계라고는, 역시 말하지 않기로 했다.

"나한테는 아내도 아이도 있어. 분명 너도 시오리도 다들 행복한 세계야."

"……그래?"

가즈네는 더 이상 아무것도 묻지 않았다.

그때부터는 불필요한 말을 나누지 않고 담담하게 준비를 진행해나갔다.

테스트에서 몇 번이나 반복했던 것을 한 번 더 하는 것뿐이다. 오래 걸릴 것도 없이 한 시간 정도 만에 모든 준비가 끝났다.

나머지는 가즈네가 IP 캡슐을 가동시키면 모든 것이 끝난다.

분기점은 일곱 살 때이다. 부모님이 이혼했을 때 아빠와 엄마 어느 쪽을 따라가느냐다. 그때까지 과거로 돌아가서 엄마를 선택하면 시오리와 만날 일은 없다.

지금부터 나의 허질은 아인즈바하의 바다에 가라앉아 이 세계에서 사라진다. 그때 교차로의 유령인 시오리도 같이 데리고 간다. 남는 것은 뇌사 상태가 된 내 몸뿐이다. 그 처리도 모두 가즈네에게 맡겼다.

"뭔가 남길 말 없어?"

다시 유리 건너편으로 내 얼굴을 내려다보고 가즈네가

그렇게 물었기 때문에 나는 마지막으로 솔직한 마음을 전하기로 했다.

"고마워. 널 만나서 정말 다행이야. 폐만 끼쳐서 미안해."

"괜찮아, 이제 와서 새삼스럽게 무슨 소리야."

그게 나와 가즈네의 마지막 대화였다.

안녕이라는 말은 굳이 하지 않고 가슴속으로만 가즈네에게 작별을 고했다.

내 인생은 시오리만을 위한 것이었지만, 시오리 외에 감사하고 싶은 단 한 사람은 가즈네뿐이었다. 가즈네는 어떤 의미에서 시오리 이상으로 나와 깊은 관계를 맺어준 사람이었다.

IP 캡슐을 가동시키고 시간이동을 개시하기 위한 카운트다운을 시작했다.

"10, 9, 8, 7, 6, 5, 4."

3이라고 카운트하는 대신에 가즈네는.

"……안녕, 고요미. 네가 행복해지기를 바랄게."

몇십 년이나 함께했으면서도 처음 듣는 상냥한 목소리로 내가 굳이 삼키고 있던 작별 인사를 하고 나를 보내주었다.

○

그리고 나는 허질의 바다에 가라앉았다.

시오리의 단편을 끌어안고. 모든 나에게 작별을 고하고.

나와 시오리가 만나지 않은 세계로.

가즈네를 사랑했던 한 사람의 '나'에게 시오리와의 소중한 약속을 맡기고.

그곳에서 다시 한 번 사랑하는 사람과 만나기 위해서.

# 막간

정신을 차려보니 나는 이곳에 있었다.

커다란 교차로였다. 나는 횡단보도 위에 서 있었다.

이곳은 어디지? 알고 있는 것 같기도 했고 모르는 것 같기도 했다.

나를 향해 차가 달려왔다. 하지만 차는 나를 통과했다.

신호가 바뀌고 이번에는 사람들이 건너왔다. 하지만 사람들도 나를 통과해 지나갔다.

소음도 공기도 빛도 모두 나를 통과했다. 아무도 내 존재를 알아차리지 못하는 것 같았다.

나는 마치 교차로의 유령 같았다.

대체 어째서, 언제부터 이곳에 있는 건지 나도 알 수 없었다.

나 자신이 누군지조차 잘 알 수 없었다.

왠지 바로 조금 전까지 누군가와 함께 있었던 것 같은 느낌이 들었지만, 아마도 그 누군가는 나를 내버려두고 어딘가로 가버렸다.

하지만 외톨이에다 아무것도 모른다고 해도 이상하게 불안하지 않았다.

두렵지 않았다. 외롭지도 않았다. 그런 생각이 들었다.

단 한 가지 아는 것이 있었기 때문이다.

나는 누군가를 기다리고 있다.

교차로에서 혼자 쭉—.


나는 누군가를 기다리고 있다.

# 너를 사랑했던 한 사람의 나에게

초판 1쇄 인쇄  2022년  10월 7일
초판 1쇄 발행  2022년  10월 17일

지은이　　　오토노 요모지
옮긴이　　　김현화

편집인　　　이기웅
책임편집　　김새미나
편집　　　　안희주, 주소림, 양수인, 김혜영, 한의진, 오윤나, 이현지
디자인　　　vamos
책임마케팅　정재훈, 김서연, 김예진, 박시온, 김지원,
　　　　　　류지현, 김찬빈, 김소희, 배성원
마케팅　　　유인철, 이주하
경영지원　　김희애, 박혜정, 박하은, 최성민
제작　　　　제이오

펴낸이　　　유귀선
펴낸곳　　　㈜바이포엠 스튜디오
출판등록　　제2020-000145호(2020년 6월 10일)
주소　　　　서울시 강남구 테헤란로332, 에이치제이타워 20층
이메일　　　odr@studioodr.com

ⓒ 오토노 요모지

ISBN  979-11-92579-16-0 (04830)
　　　979-11-92579-14-6 (set)

모모는 ㈜바이포엠 스튜디오의 출판브랜드입니다.